Schokolowski – Lustig ist das Hundeleben

Angela Sommer-Bodenburg

Schokolowski

Lustig ist das Hundeleben

Mit
Illustrationen
von
Stefanie
Scharnberg

Thienemann

Inhalt

Guten Morgen, Schokolowski!

»Tobi, schläfst du?« Das war Jules Stimme.

Leise wurde die Tür geöffnet und Jule spähte ins Zimmer. Sie trug noch ihr Nachthemd.

»Schlafen?« Tobi lachte. »Ich bin schon seit Stunden wach!«

»Seit Stunden? Da kannst du einem ja richtig Leid tun«, meinte Jule teilnahmsvoll.

»Oh, ganz im Gegenteil!«, erwiderte Tobi. »Ich bin der glücklichste Junge auf der ganzen Welt!«

Und damit streichelte er über das brombeerfarbene Fell von Schokolowski.

»Ach, *hier* ist Schocker-Lowski ...« Jule musterte den friedlich schlummernden Bernhardiner vor Tobis Bett. »Aber Mama und Papa hatten dir doch verboten, ihn in deinem Zimmer übernachten zu lassen!«

»Psst! Nicht so laut!« Tobi legte einen Finger auf die Lippen. »Schokolowski schläft noch!«

»Wenn du dich nicht an das Verbot hältst, bringt Mama ihn vielleicht doch noch ins Tierheim!«, sagte Jule warnend.

»Es war ja nur heute Nacht«, beruhigte Tobi sie. »Und nur, weil ich mich so gefreut habe, dass Mama und Papa mir erlaubt haben, Schokolowski zu behalten! Da *musste* ich ihn einfach bei mir haben!«

»Und nun wird er wahrscheinlich jede Nacht in deinem Zimmer schlafen wollen!«, sagte Jule. »Und dann heult und jault er im Flur und dann kommen die Siebenstiefels und beschweren sich …«

»Nein, wird er nicht!«, entgegnete Tobi. »Ich musste ihm *fünf* Trüffel geben, bis er überhaupt mitging!«

Jule kicherte. »Also, wenn ich ein Bernhardiner wäre, würde ich auch lieber im Flur schlafen!«

»Und warum?«, fragte Tobi leicht gekränkt.

»Na, bei der Enge ... Und besonders ordentlich ist dein Zimmer ja nicht gerade!«

»Eng kann auch gemütlich sein!«, antwortete Tobi. »Und in deinem Zimmer ist es noch viel unordentlicher!«

»Aber ich habe keinen Bernhardiner!«, betonte Jule.

»Einen Bernhardiner nicht«, sagte Tobi. »Bloß reichlich Verehrer, zum Beispiel ... Friedhelminer!«

Jule war rot geworden. »Ich mach jetzt Frühstück«, kündigte sie an.

»Du?«, wunderte sich Tobi. »Und was ist mit Mama und Papa?«

»Sie schlafen noch«, antwortete Jule. Die Tür schlug hinter ihr zu.

Schokolowski hob den Kopf und schnupperte. »Frühstück? Hat sie gesagt: Frühstück?«

Tobi spürte, wie sein Herz laut zu klopfen begann. »Guten Morgen, Schokolowski!«, sagte er.

»Das muss sich noch herausstellen, ob es ein ›guter‹ Morgen wird!« Schokolowski gähnte.

Tobi erschrak.

»Wie meinst du das?«

»Ein guter Morgen bedeutet zunächst ein gutes Frühstück«, klärte Schokolowski ihn auf. »Und wenn mich nicht alles täuscht, dann sind keine Trüffel mehr da und euer Schokoladenkuchen ist auch schon zur Hälfte aufgegessen!«

»Unser Schokoladenkuchen!«, verbesserte Tobi. »Und außerdem musst du nicht ›schon‹ sagen, sondern ›erst‹!«

»Erst?«, wiederholte Schokolowski.

»Ja! Man muss immer positiv denken! ›Erst‹ zur Hälfte aufgegessen, das heißt: Wir kümmern uns nur um die Hälfte, die noch da ist!«

»Hm, gar nicht so verkehrt ...«, meinte Schokolowski. »Dann kümmern wir uns am besten jetzt gleich um diese Hälfte – bevor sie schlecht wird!«

»Schlecht wird sie bestimmt nicht!« Tobi lachte. »Aber du hast Recht, wir sollten gleich in die Küche gehen – ehe meine Eltern aufgestanden sind!«

Mit Sicherheit würde Tobis Mutter von heute an versuchen, aus Schokolowski einen ganz normalen Bernhardiner zu machen, der sich von Wurst und Fleisch und Hundefutter aus der Dose ernährte und nicht, wie Schokolowski, von Süßigkeiten und Schokoladentrüffeln!

Zwar hatte Tobis Mutter gestern noch gesagt, einem Hund, der einmal angefangen habe, Schokolade und Kuchen zu fressen, würde man das nie wieder abgewöhnen können. Aber es war ein Unterschied, ob man ein solches Urteil über einen fremden Hund fällte – oder über den eigenen!

Eins stand jedenfalls fest: Von Tobis Eltern würde Schokolowski keinen Schokoladenkuchen bekommen!

Und wie hatte Schokolowski doch gesagt: »Das muss sich noch herausstellen, ob es ein guter Morgen wird …!«

Ja, und ein *guter* Morgen sollte es für Schokolowski werden, das hatte sich Tobi fest vorgenommen; denn immerhin war es der allererste Morgen, an dem Schokolowski dazugehörte, richtig dazugehörte!

Fast so gern wie Schokoladenkuchen

Tobi streichelte einmal rasch über Schokolowskis breiten Kopf.

»Eigentlich müssten wir heute Nachmittag Doppelgeburtstag feiern!«

»Was? Doppelgeburtstag?«, wiederholte Schokolowski.

»Ja! Deinen Geburtstag und meinen!«

»Aber ich bin im Januar zur Welt gekommen«, entgegnete Schokolowski. »Am sechzehnten Januar, wenn du es genau wissen willst!«

»Trotzdem!«, sagte Tobi. »Heute ist dein zweiter Geburtstag!«

Schokolowski zog die Lefzen hoch und schnaufte ein paar Mal. »Ich bin viel, viel älter als zwei«, verkündete er würdevoll. »Aber das habe ich dir doch längst erzählt!«

»Ich meinte nicht dein Alter«, antwortete Tobi. »Ich wollte sagen: Als *mein* Hund, als mein Schokolowski, hast du heute Geburtstag!«

»Wenn du es so siehst ...« Schokolowski lächelte geschmeichelt. »Einverstanden! Dann habe ich allerdings auch ein paar Geburtstagswünsche!«

»Und ich ahne schon, welche: Schokoladenkuchen und Trüffel ...«

»Nein! Trüffel und Schokoladenkuchen – das ist die richtige Reihenfolge!«

»Kein Problem!«, sagte Tobi. »Ich habe mir von meinen Freunden eine Riesenpackung Trüffel gewünscht!«

»Freunde?« Schokolowski legte die Stirn in Falten. »Kommen etwa mehrere?«

»Drei«, sagte Tobi. »Oliver, Eva und Timmi. – Ach, nein«, fiel ihm dann ein. »Meine Mama hat ja auch noch Inge Siebenstiefel eingeladen ...«

Inge Siebenstiefel, die zwei Stockwerke über Tobi wohnte, verfolgte ihn auf Schritt und Tritt. Dabei hatte er nichts, gar nichts für sie übrig!

Aber diese Einladung sollte eine Wiedergutmachung für die vorletzte Nacht sein, als Schokolowski durch sein lautes Gebell den Einbrecher vertrieben hatte, der in Tobis Wohnung eingestiegen war.

Außerdem wollte Tobis Mutter damit die »nachbarschaftlichen Beziehungen« pflegen …

»Deine Freunde – das sind doch Kinder, oder?«, fragte Schokolowski jetzt.

»Ja, sicher«, sagte Tobi. »Hast du denn etwas gegen Erwachsene?«, erkundigte er sich nach einer Pause.

»Nicht unbedingt«, antwortete Schokolowski. »Aber Kinder fahren keine Autos mit Sirenen, stimmt's?«

»Ja –«

»Und Kinder betreiben keine Labors, in denen an Mäusen und Meerschweinchen herumexperimentiert wird, oder?«

»Nein!«

»Und Kliniken, in denen Hunde für Versuchszwecke eingesperrt sind, haben Kinder erst recht nicht!« Schokolowski bellte einmal laut und grimmig.

Dann schüttelte er sich.

»Ja, und deshalb mag ich Kinder«, erklärte er. »Fast so gern wie Schokoladenkuchen!« Er hob den Kopf und sog prüfend die Luft ein. »Gehen wir endlich!«, forderte er.

»Ja, gehen wir!«, sagte Tobi. Er hatte überhaupt nicht mehr an seine Eltern gedacht.

Doch nur Jule war in der Küche. In ihrem roten Bademantel stand sie am Herd und rührte in einem Topf.

Den Tisch hatte sie für vier Personen gedeckt und es duftete nach aufgebackenen Brötchen und nach Kaffee.

»Hallo!«, sagte Jule, als Tobi und Schokolowski eintraten.

»Hallo«, antwortete Tobi.

»Einen wunderschönen guten Morgen!«, sagte Schokolowski.

Tobi stockte das Herz vor Schreck. Aber entweder hatte Jule Schokolowskis Begrüßung nicht gehört – oder sie glaubte, Tobi hätte seine Fähigkeiten im »Bauchreden« unter Beweis stellen wollen! Er blickte Schokolowski warnend an.

»Und was kochst du da?«, fragte er laut. »Eins von deinen Schlankheitsmenüs?«

»Ich mache Haferbrei – für Schocker-Lowski!«, antwortete sie.

»Haferbrei? Igitt!«, rief Schokolowski.

»Wenn du schon vorher ›igitt‹ schreist, kann es Schocker-Lowski ja gar nicht schmecken!«, fauchte Jule.

»Wieso ich?« Tobi nahm auf der Eckbank Platz.

»Wer wohl sonst!«

»Wer? Na, ich!«, antwortete Schokolowski mit seiner vollen, tiefen Stimme.

Und diesmal *musste* Jule es hören!

Wie vom Donner gerührt starrte sie Schokolowski an.

»Sag das noch einmal!«, verlangte sie dann.

Schokolowski reckte sich. »Was soll ich noch einmal sagen?«, fragte er.

Jule schüttelte ungläubig den Kopf. »Du kannst wirklich … sprechen?«

»Na ja, wenn man mir Haferbrei aufdrängen will!« Schokolowski legte die Ohren an. »Ich hasse Haferbrei!«

Da begann Jule zu lachen. Zuerst lachte sie leise, dann immer lauter. »Schocker-Lowski spricht … Wahnsinn!«

»Das stimmt!«, bestätigte Schokolowski. »Es *ist* Wahnsinn, was Knüll und Pinschermann mit mir gemacht haben! Wahnsinnige Tierquälerei ist es, einen Hund jahrelang in einer Hundeklinik einzusperren, ihn mit Tabletten voll zu stopfen und ihn zu zwingen, pausenlos fernzusehen!« Er bellte anklagend.

»Du warst in einer Hundeklinik?« Jule machte ein betroffenes Gesicht.

Schokolowski nickte.

»Deshalb fürchtet er sich auch vor Sirenen!«, erzählte Tobi.

»Und wo ist diese Klinik?«, wollte Jule wissen.

Schokolowski senkte die Augen und schwieg. Möglicherweise bereute er es, Jule gegenüber so offen gewesen zu sein. Oder die Erinnerung an seine schrecklichen Erlebnisse dort hatte ihn verstummen lassen!

»Wir sollten ihn nicht bedrängen!«, sagte Tobi hastig. »Vor allem nicht vor dem Frühstück!«

Damit ging er zum Küchenschrank und holte den Schokoladenkuchen heraus. Er schnitt ein dickes Stück ab und gab es Schokolowski.

»Kuchen? Zum Frühstück?«, sagte Jule.

»Warum nicht?«, antwortete Schokolowski. »Sei gut zu dir selbst, wenn es sonst keiner ist. Alte Schokolowski-Weisheit! – He!«, rief er, als Tobi keine Anstalten machte, ein weiteres Stück abzuschneiden. »Ich hab Hunger!«

Tobi reichte ihm noch ein Stück Kuchen.

»Gesund ist das aber nicht«, bemerkte Jule. »Denk mal an deine Zähne!«

Schokolowski öffnete sein Maul – und zwei Reihen kräftiger, makellos weißer Zähne wurden sichtbar.

Tobi spürte, wie ihm ein kalter Schauer über den

Rücken lief. Nur gut, dass ihm Schokolowski sein Gebiss nicht schon bei ihrer allerersten Begegnung gezeigt hatte! In dem Fall würde Tobi es wohl kaum gewagt haben, Schokolowski mit zu sich in die Wohnung zu nehmen!

Ein Wundermittel

»Na? Was sagst du jetzt?«, fragte Schokolowski.

Jule kicherte. »Deine Zähne sehen prima aus! Aber was ist mit deiner Zunge passiert? Die ist ja dunkelrot!«

»Sie ist nicht rot, sondern brombeerfarben!«, erwiderte Schokolowski. »Genau wie mein Fell!«

»Das waren die Ärzte in der Hundeklinik!«, verriet Tobi.

»Ärzte …« Schokolowski knurrte böse. »Knüll und Pinschermann mögen zwar ihre Doktortitel haben! Aber an dem, was Ärzte vor allem brauchen, fehlt es ihnen: an der Menschlichkeit!«

»Und die beiden haben dir die Zunge gefärbt?«, fragte Jule mitfühlend.

»Nein, die Brombeerfarbe ist eine Nebenwirkung von X 1«, erklärte Schokolowski. »Und mein Appetit auf Trüffel und Schokolade auch!«, fügte er mit einem verschämten Lächeln hinzu.

»Von X 1?«, sagte Jule überrascht. »Das klingt aber sehr geheimnisvoll ... «

»Allerdings! Das Rezept hüten Knüll und Pinschermann wie ihren Augapfel!« Schokolowski bellte grimmig.

»Und wozu braucht man dieses X 1?«, wollte Tobi wissen.

»Es soll ein Wundermittel gegen das Altern sein!«, antwortete Schokolowski.

»Ein Wundermittel gegen das Altern?«, wiederholte Jule zweifelnd. »Funktioniert so etwas denn?«

»Bei mir schon«, sagte Schokolowski. »Ich bin am 16. Januar sechzehn Jahre alt geworden. Und wie ihr bestimmt wisst, werden wir Bernhardiner nicht älter als sieben oder acht Jahre! – Allerdings war ich in der Hundeklinik der Einzige, bei dem X 1 gewirkt hat«, fügte er hinzu.

»Ach, deshalb suchen Knüll und Pinschermann unsere ganze Stadt nach dir ab ... «, murmelte Tobi.

»Nicht nur diese Stadt!«, entgegnete Schokolowski düster.

»Dass du sprechen kannst – kommt das auch von X 1?«, fragte Jule neugierig.

»Ja«, bestätigte Schokolowski. »Und die rasenden Kopfschmerzen, das Gliederzittern, die Ohnmachtsanfälle, die Albträume ...«

»Das sind alles Nebenwirkungen von X 1?«, rief Tobi.

Schokolowski nickte.

»Das muss aber ein grässliches Mittel sein!«, sagte Tobi voller Abscheu.

»Nicht so schlimm wie X 1 a!«, entgegnete Schokolowski.

»X 1 a? Sie haben dir auch noch X 1 a gegeben?«

»Sicher! Ich war doch ihr Versuchshund, an dem sie ihre Mittel ausprobiert haben! Auf X 1 folgte X 1 a. Anschließend hätte ich X 1 b bekommen ... Und durch X 1 a wäre ich vermutlich blind geworden!«, ergänzte Schokolowski dumpf.

»Blind?«, riefen Tobi und Jule wie aus einem Mund.

»Ja! Aber als ich immer weniger sehen konnte, bin ich aus der Hundeklinik geflohen!«

Tobi schluckte. »Und jetzt?«

»Was jetzt?«, fragte Schokolowski.

»Deine Augen ...«

»... haben sich wieder erholt«, beruhigte ihn

Schokolowski. »Überhaupt geht es mir tausendmal besser, seit ich nicht mehr in der Hundeklinik bin!«

»Warum haben sie dir das bloß angetan!« Tobi ballte die Fäuste.

»Warum? Weil sie durch ihr Wundermittel reich und berühmt werden wollen! Sie wollen in die Geschichte der Medizin eingehen, Preise bekommen ...«

»Eins verstehe ich nicht!«, sagte Tobi. »Wenn man von X 1 a blind werden kann – dann will doch keiner so ein Mittel haben! Dann können Knüll und Pinschermann niemals reich und berühmt werden!«

»Oh, doch!«, widersprach Schokolowski. »Die meisten Menschen würden fast alles nehmen, um länger jung zu bleiben! Und außerdem werden Knüll und Pinschermann so lange herumexperimentieren, bis kaum noch Nebenwirkungen auftreten!«

»Und du?«, sagte Tobi. »Was wäre aus dir geworden?«

»Darüber möchte ich gar nicht erst nachdenken!«, antwortete Schokolowski. Mit einem Blick auf den Schokoladenkuchen sagte er: »Wenden wir uns lieber den süßen Seiten des Lebens zu!«

»Aber gegen diese Tierquäler muss man etwas unternehmen!«, rief Jule erregt. »Wir sollten gleich mit Mama und Papa sprechen!«

»Das sollten wir nicht!«, erwiderte Schokolowski mit ungewohnter Schärfe in der Stimme. »Keine Erwachsenen!«

»Wieso nicht?«, fragte Jule – da wurde am anderen Ende des Flurs eine Tür geöffnet.

»Keine Erwachsenen!«, sagte Schokolowski noch einmal. Er schnappte sich den restlichen Kuchen und verschwand unter dem Küchentisch.

Ab morgen gibt es Hundefutter

»Ihr seid schon wach?« In ihrem himmelblauen Morgenmantel erschien Tobis Mutter in der Küche. »Und das Frühstück ist auch schon fertig?« Lächelnd zeigte sie auf den gedeckten Tisch.

Jule räusperte sich. »Hm, ja.«

»Was ist denn mit euch beiden los?« Tobis Mutter blickte zwischen Jule und Tobi hin und her. »Ihr macht ja Gesichter, als wäre heute nicht Sonnabend, sondern Montag!«

»Wir? Wie kommst du denn darauf?«, wehrte Jule ab.

Dabei sah sie wirklich etwas verstört aus, fand Tobi. Schokolowskis Bericht über die Hundeklinik musste ihr ziemlich nahe gegangen sein!

»Und ich dachte, ihr wärt lustig und vergnügt!«, sagte Tobis Mutter. »Immerhin ist Papa wieder zu

Hause! Und heute Nachmittag wollen wir Tobis Geburtstag feiern! Ja, und dann haben wir seit gestern auch noch einen Hund ... Aber wo ist er überhaupt, unser Schokolowski?«, fragte sie. »Ich habe ihn gar nicht im Flur gesehen!«

»Er liegt unterm Tisch«, sagte Jule.

Tobis Mutter spähte unter den Tisch. »Und warum begrüßt du mich nicht, Schokolowski?«, fragte sie neckend.

»Wahrscheinlich hat er Angst, dass du mit ihm schimpfst«, antwortete Tobi.

»Ich – mit ihm schimpfen? Weshalb sollte ich das?«

»Weil er den Schokoladenkuchen aufgegessen hat.«

»Was? Er hat unseren ganzen Schokoladenkuchen gegessen?«

»Nicht den ganzen. Nur die Hälfte, die noch übrig war.«

»Nur?«, sagte Tobis Mutter spitz.

»Lass ihn doch, Linda!«, ertönte da die Stimme von Tobis Vater.

Unrasiert, in seinem Lieblingspyjama, stand er in der Küchentür. »Schließlich haben wir heute Grund zum Feiern! Und einen solchen Tag darf man ruhig süß beginnen!«

Schokolowski bellte zustimmend.

»Aber ab morgen gibt es Hundefutter!«, stellte Tobis Mutter klar.

»Das ist doch sowieso zwecklos«, bemerkte Tobi.

»Zwecklos?«

»Ja! Du hast selbst gesagt: Einem Hund, der einmal angefangen hat, Schokolade und Kuchen zu fressen, kann man das nie wieder abgewöhnen!«

»Das wird sich erst noch zeigen, ob wir ihn nicht auf normales Futter umstellen können«, entgegnete Tobis Mutter. »Und glaub mir: Ich kann sehr hartnäckig sein!«

»Ich auch!«, sagte Schokolowski – aber so leise, dass es Tobis Eltern anscheinend nicht gehört hatten.

»Übrigens, wann machen wir denn die Trüffel?«, fragte Tobi.

»Welche Trüffel?«

»Wir wollten doch selbst Trüffel herstellen. Das hast du Schokolowski versprochen!«

Sie lachte auf. »Vor allem – versprochen!«

»Schokolowski freut sich aber auf die Trüffel!«, beharrte Tobi. »Und wenn er keine kriegt, ist ihm die ganze Geburtstagsfeier verdorben!«

»Zum Trüffelmachen habe ich nun wirklich keine Zeit!«, sagte sie. »Ich muss noch Kuchen backen für deine Gäste! Und außerdem – was ist mit den Sahnetrüffeln, die wir gestern vom Flughafen mitgebracht haben?«

»Alle weg«, antwortete Schokolowski mit seiner tiefen Stimme.

Tobis Mutter glaubte offenbar, das habe Tobis Vater gesagt; denn sie warf ihm einen erstaunten Blick zu.

»Ich könnte doch mit Tobi die Trüffel machen«, schlug Jule vor.

»Nein, auf gar keinen Fall!«, sagte Tobis Mutter. »In der Küche kann ich euch heute nicht gebrauchen. – Aber wenn es unbedingt Trüffel sein müssen, dann kauft welche!«, fügte sie hinzu.

»Unbedingt!«, bekräftigte Schokolowski.

Sie sah Tobis Vater an und runzelte die Brauen. »Musst du dich immer auf die Seite der Kinder stellen?«

»Wieso ich?«, entgegnete er.

»Einer muss es ja!«, sagte Schokolowski seelenruhig unter dem Tisch.

Tobis Mutter versuchte zu lachen. »Wir sind anscheinend alle etwas durcheinander heute Morgen … Aber das ist ja kein Wunder, nachdem uns der Storch einen Bernhardiner in die Wiege gelegt hat!«

Jule prustete los. »Der Storch! Das war wohl eher ein Kran!«

Auch Tobi und sein Vater lachten.

Am lautesten aber lachte – Schokolowski!

Besuch für dich!

»Deine Mama ist wirklich nett!«, sagte Schokolowski am Nachmittag in Tobis Zimmer. Von den zehn Trüffeln, die sie gekauft hatten, waren bereits fünf in seinem großen Maul verschwunden. »Und dein Papa ist ebenfalls nicht übel«, ergänzte er.

»Findest du?«, freute sich Tobi.

»Ja! Vor allem haben sie Humor. Und Humor ist der Schwimmgürtel auf dem Strom des Lebens!«

Tobi hatte Mühe, ernst zu bleiben. »Alte Schokolowski-Weisheit, wie?«

»Ausnahmsweise nicht«, erklärte Schokolowski würdevoll. »Der Spruch ist aus dem Flimmerkasten!«

»Wahrscheinlich aus der Sportschau!« Tobi biss sich auf die Lippen.

»Spar dir deine Witze!«, knurrte Schokolowski.

»Sag mir lieber, wie lange ich noch auf den Kuchen warten muss!«

»Bis die Gäste da sind!«

»Und wann kommen die?«

Tobi schaute auf seine Uhr. »Um drei – in einer halben Stunde.«

Genau in diesem Augenblick klingelte es.

Schokolowski bellte einmal kurz. »Na, bitte! Jetzt gibt es den Kuchen wenigstens etwas früher!«

»Das glaube ich nicht.« Tobi verkniff sich ein Lachen. »Ich schätze, es ist Friedhelm, Jules neuer Verehrer!«

Derselben Meinung schien auch Jule zu sein, denn sie trällerte: »Ist bestimmt für mich!«, und lief zur Tür.

Doch dann hörte Tobi sie »Ach du, Inge« sagen.

»Oh, nein!«, stöhnte er. »Inge Siebenstiefel ...«

»Was hast du denn gegen sie?«, fragte Schokolowski flüsternd.

»Nichts«, antwortete Tobi. »Außer dass sie mir auf die Nerven geht – und dass sie furchtbar verfressen ist!«

»Verfressen?« Schokolowski leckte sich das Maul. »Aber das ist doch nichts Schlechtes, im Gegenteil! Diese Eigenschaft finde ich sehr sympathisch!«

»Ja, du vielleicht …« Am liebsten hätte Tobi die Flucht ergriffen.

»Tobi! Besuch für dich!«, rief Jule.

»Ich komme.« Missmutig verließ er sein Zimmer.

In einem rosa Dirndlkleid stand Inge Siebenstiefel im Flur.

»Herzlichen Glückwunsch!« Sie streckte Tobi ihre kurze, dicke Hand entgegen.

Zögernd ergriff Tobi die Hand. Sie fühlte sich warm und feucht an. Schnell ließ Tobi sie wieder los.

»Danke«, murmelte er.

»Eigentlich war dein Geburtstag am Mittwoch, stimmt's?«

»Ja«, gab er überrascht zu.

»Das weiß ich, weil er bei mir im Kalender steht!«

»*Mein* Geburtstag?«

»Oh, ja! Er steht auf der Seite für ›Besondere Festtage‹!« Jule kicherte. »Ich glaube, ich lass euch jetzt lieber allein! Ihr habt bestimmt viel zu besprechen ...«

»Das haben wir!«, bestätigte Inge Siebenstiefel wichtigtuerisch.

Tobi stöhnte leise.

»Und dieser kurzsichtige Bernhardiner ist dein Geburtstagsgeschenk?« Inge Siebenstiefel zeigte auf Schokolowski, der wieder vor Tobis Bett lag.

»Kurzsichtig? Er ist kein bisschen kurzsichtig!«, nahm Tobi Schokolowski in Schutz.

»Und wieso hat er dann eine Brille?«, fragte Inge Siebenstiefel.

»Um besser auszusehen!«, antwortete Tobi.

Inge Siebenstiefel gab ein verächtliches »Pah« von sich.

»Aber eine Schlafmütze ist er!«, bemerkte sie.

»Eine Schlafmütze?« Tobi lächelte.»Mit solchen Unterstellungen wäre ich an deiner Stelle etwas vorsichtiger! Schokolowski ist nämlich sehr, sehr bissig!«

»Bissig?« Inge Siebenstiefel wich zurück. »Und so einer wohnt in *unserem* Haus?«

»Tobi hat nur einen Scherz gemacht!«, ließ sich da Tobis Mutter vernehmen.

»Einen Scherz? Überhaupt nicht!«, widersprach Tobi. »Schokolowski ist …«

»… sehr lieb und sehr kinderfreundlich!«, schnitt ihm seine Mutter das Wort ab. »Oder sollen Inges Eltern an den Hausverwalter schreiben, dass wir in unserer Wohnung einen bissigen Bernhardiner halten?«

»Nein …«, sagte Tobi kleinlaut.

»Ich hab es sowieso nicht geglaubt«, erklärte Inge Siebenstiefel großspurig. »Schließlich weiß jeder, dass Bernhardiner harmlos sind!«

»Harmlos?«, wiederholte Tobi zweifelnd.

»Klar!«, sagte Inge Siebenstiefel. »Völlig harmlos!«

Und damit tätschelte sie Schokolowskis Kopf, der es sich – wahrscheinlich, weil er ebenso verblüfft war wie Tobi – widerstandslos gefallen ließ.

»Mit Hunden kenne ich mich aus«, prahlte Inge Siebenstiefel. »Wir haben ja selbst einen!«

»Hast du ›Hund‹ gesagt?« Tobi biss sich auf die

Zunge. Der überzüchtete Zwergpudel von Familie Siebenstiefel, der auf den Namen »Putzi« hörte, hatte in seinen Augen nicht mehr viel Ähnlichkeit mit einem Hund!

Doch da schien Schokolowski anderer Meinung zu sein: Aufgeregt beschnupperte er Inges Dirndlkleid.

»Hoppla!«, kicherte sie. »Was will er von mir?«

»Wahrscheinlich riechst du gut!«, bemerkte Tobi.

»Glaubst du?«, sagte sie geschmeichelt.

»Ja! Nach Putzi!«

»Pah!«, zischte sie. »Sorg lieber dafür, dass er mein neues Kleid nicht schmutzig macht!«

»Ja, geh weg, Schokolowski!«, kam Tobis Mutter ihr zu Hilfe. »Das tut man nicht, an jungen Damen herumschnüffeln!«

»Vor allem an jungen ›Damen‹ …«

Tobi hatte Mühe, nicht laut zu lachen. Aber vielleicht war es auch ein ganz anderer Duft, der Schokolowski so in Aufregung versetzte; denn sein Interesse schien besonders der weißen, gestärkten Schürze zu gelten …

Und wirklich nahm Inge Siebenstiefel jetzt ein in buntes Papier gewickeltes Päckchen aus der Rocktasche unter ihrer Dirndlschürze und mit den Worten »Hier! Dein Geschenk!« reichte sie es Tobi.

Prompt wandte sich Schokolowski von ihr ab und beobachtete, was Tobi machte.

»In dem Päckchen sind Trüffel, stimmt's?«, fragte Tobi.

Inge Siebenstiefel kicherte. »Nein, Marzipankugeln – mit Nugat gefüllt! Aber warum guckst du nicht selbst nach?«

»Ja, mach das Päckchen auf!«, sagte Schokolowski halblaut.

Seine Augen hatten denselben gierigen Ausdruck bekommen wie die von Inge Siebenstiefel.

»Wieso denn?«, antwortete Tobi. »Ich dachte, die Marzipankugeln wären *mein* Geschenk!«

»Man wird doch mal probieren dürfen, oder?«, sagte Inge Siebenstiefel mit Unschuldsmiene.

Tobis Mutter lachte. »Du darfst gleich unseren Geburtstagskuchen probieren!«

Inge Siebenstiefel fuhr sich mit der Zunge über die Lippen. »Kann ich mir den Kuchen mal ansehen?«, fragte sie.

»Ansehen? Warum nicht ...«

Tobis Mutter zwinkerte Tobi zu und verschwand mit Inge Siebenstiefel in Richtung Wohnzimmer. Schokolowski lief hinterher. Schnell versteckte Tobi das Päckchen in der obersten Schublade seines Nachtschranks. Dann folgte er ihnen.

Fünf Mitesser

Wie Tobi erwartet hatte, blieb es nicht beim »Ansehen«. Die Schokoladentörtchen lobte Inge Siebenstiefel so lange, bis Tobis Mutter ihr eins zum Probieren gab. Und auch Schokolowski, der die Törtchen anstarrte, als wolle er sie hypnotisieren, bekam eins.

»Das wird ein toller Geburtstag!«, schwärmte Inge Siebenstiefel anschließend in Tobis Zimmer.

»So, meinst du?«, sagte Tobi.

»Na, bei dem ganzen Kuchen!« Sie rieb sich die Hände. »Allerdings kommt es drauf an, wie viele wir sind ...«

»Fünf«, antwortete Tobi. »Nein, sechs – mit Schokolowski!«

»Fünf Mitesser, das geht ja noch!«

In diesem Moment klingelte es wieder.

»Das müssen sie sein!«, sagte Tobi. Erleichtert, Inge Siebenstiefel entronnen zu sein, ging er zur Tür.

Doch draußen stand Hans-Joachim – genauso pickelig wie immer und sehr nervös angesichts von Schokolowski.

»Ist Ju-Juliane da?«, stotterte er.

»Jule?«, sagte Tobi. »Warum rennst du bloß dauernd hinter Jule her? Die Welt ist doch voller netter Mädchen – Mädchen, die dich bestimmt viel besser verstehen!«

»Hä?«, machte Hans-Joachim.

»Ja, zum Beispiel die da!« Tobi deutete mit einem Kopfnicken auf Inge Siebenstiefel, die auf seinem Bett thronte und in einem seiner Comics blätterte. »Sie kämpft auch ständig gegen … Mitesser!«

Hans-Joachim war dunkelrot geworden. »Ist Juliane nun zu Hause oder nicht?«, fuhr er Tobi an.

Das hätte er besser nicht tun sollen: Schokolowski stieß ein tiefes, bedrohliches Knurren aus. Hans-Joachim machte einen ängstlichen Schritt zurück, dann noch einen.

Fast wäre er über Timmi, Eva und Oliver gestolpert, die jetzt die Treppen heraufkamen.

Schokolowski begann zu bellen.

»Hilfe!«, schrie Hans-Joachim und stürzte zur

Haustür. Mit einem Knall fiel sie hinter ihm ins Schloss.

»Was ist denn mit dem los?«, fragte Oliver.

»Er hat Angst vor großen Hunden!«, erklärte Tobi.

»Ich auch ...«, sagte Eva leise.

»Wieso? Er sieht doch richtig niedlich aus mit seiner Brille!«, meinte Oliver und zeigte auf Schokolowski, der nicht mehr bellte, sondern freundlich wedelte.

»Ist der Bernhardiner die Überraschung, von der du uns erzählt hast?«, fragte Timmi.

Tobi nickte. »Eigentlich waren es zwei Überraschungen«, sagte er. »Die erste war Schokolowski selbst! Und die zweite Überraschung war, dass meine Eltern mir erlaubt haben, ihn zu behalten!«

»Wie ...« Eva machte ein verblüfftes Gesicht. »Haben deine Eltern ihn nicht für dich gekauft?«

»Nein. Wir haben uns auf der Straße kennen gelernt – bei ein paar Trüffeln!«, berichtete Tobi stolz.

»Ach, deshalb hast du dir Trüffel gewünscht!« Oliver reichte Tobi eine mit roten Schleifen verzierte Pralinenschachtel. »Hier, die sind von uns dreien zusammen!«

»Danke!«, sagte Tobi.

Schokolowski schnüffelte an der Schachtel und wedelte mit dem Schwanz.

»Er tut nichts, oder?«, fragte Eva.

»Oh, doch!«, erklang da die Stimme von Inge Siebenstiefel. »Tobi hat mir selbst erzählt, dass er sehr, sehr bissig ist!«

Mit einem triumphierenden Lächeln war sie im Flur erschienen.

»Inge Siebenstiefel ...?«, sagte Eva ungläubig.

Timmi gab prustende Laute von sich.

»Ach, Tobi hat 'ne neue Freundin?«, fragte Oliver mit scheinheiligem Grinsen.

»Nein!«, knurrte Tobi.

»Keine neue«, säuselte Inge Siebenstiefel. »Eine ganz alte!«

»Sie ist nur zum Kaffeetrinken hier«, behauptete Tobi.

»Was? Nur zum Kaffeetrinken?«, rief Inge Siebenstiefel empört. »Meine Mutti hat gesagt, es gibt auch noch Pommes frites und Schnittchen!«

»Pommes frites sind aber sehr kalorienhaltig«, meinte Timmi.

»Na und?«, erwiderte Inge Siebenstiefel schnippisch. »Vorher werden doch Spiele gemacht! Da verbraucht man eine Menge Kalorien!«

Um *die* Menge an Kalorien zu verbrauchen, die

Inge Siebenstiefel beim anschließenden Kuchenessen zu sich nahm, hätte sie allerdings zehn Stunden lang Holz hacken müssen! Unter den staunenden Augen von Tobis Eltern, von Jule, Tobi, Eva, Timmi und Oliver vertilgte sie vier Stücke Schwarzwälder Kirschtorte, vier Schokoladentörtchen, drei Nugatringe und mehrere Hände voll Kekse. Danach wollte sie noch einen Blick in Tobis Pralinenschachtel werfen. Tobi öffnete die Schachtel und blitzschnell stopfte sie sich zwei Trüffel in den Mund. Selbst Schokolowski sah hochachtungsvoll zu ihr auf – hochachtungsvoll und neidisch; denn er hatte lediglich drei trockene Kekse bekommen.

Beim Sackhüpfen im Garten machte Inge Siebenstiefel dann nach zwei Versuchen schlapp. Aber Tobi und seine Freunde hatten nichts dagegen, ohne sie Eierlaufen, Dosenwerfen und Verstecken zu spielen.

Insgeheim hoffte Tobi, dass Inge Siebenstiefel von dem vielen Kuchen schlecht werden würde und dass sie nach Hause gehen müsste. Doch ihr Magen war an derartige Portionen gewöhnt. Nach einer Stunde sagte sie, allmählich bekäme sie Appetit auf Pommes frites und Schnittchen, und wann das Abendessen serviert würde.

»Erst machen wir noch ein paar Spiele in der Wohnung«, antwortete Tobi.

»Kann man dabei was gewinnen?«, fragte sie.

»Klar!«

»Und was?«

»Trüffel!«, sagte Schokolowski, der neben Inge Siebenstiefel im Gras lag.

»Man kann Trüffel gewinnen?«, rief sie mit glänzenden Augen.

»Nein!«, widersprach Tobi. »Radiergummis und Bleistifte!«

»Radiergummis und Bleistifte?«, wiederholte Inge Siebenstiefel missfällig. »Überhaupt keine Süßigkeiten?«

»*Ein* Spiel mit Süßigkeiten gibt es ...«, sagte Tobi betont geheimnisvoll.

Inge Siebenstiefel befeuchtete sich die Lippen. »Und welches Spiel ist das?«

»Lass kommen, was will!«

»Na, dann lass es doch kommen!« Inge Siebenstiefel kicherte. »Aber ich will die Erste sein!«, erklärte sie herrisch.

»Wenn du unbedingt darauf bestehst ...«, sagte Tobi listig. In Wirklichkeit hatte er längst beschlossen, mit Inge Siebenstiefel anzufangen.

Auf die Idee zu diesem Spiel war er durch seinen Vater gekommen. Tobis Vater hatte schon des Öfteren von einem »Wettschmecken« erzählt, das früher auf Kindergeburtstagen gespielt wurde. Es war ein ziemlich hinterhältiges Spiel – aber genau das Richtige für Inge Siebenstiefel, fand Tobi.

Schokoladentörtchen oder Nugatring?

Natürlich ahnte niemand, was Tobi vorhatte. Seine Eltern bereiteten in der Küche das Abendessen vor und Jule ging mit Friedhelm spazieren.

Tobis Freunde und Inge Siebenstiefel warteten auf der Terrasse.

Er hatte ihnen gesagt, dass er sie nacheinander in sein Zimmer rufen würde.

Nur Schokolowski sah zu, wie Tobi die übrig gebliebenen drei Schokoladentörtchen und die beiden Nugatringe vom Tisch nahm und sie in die Keksdose legte.

»He! Da drinnen fühlen sie sich aber gar nicht wohl!«, protestierte Schokolowski. »Du solltest sie lieber mir geben!«

»Du kriegst sie gleich, in meinem Zimmer«, antwortete Tobi.

»Warum erst gleich?«, fragte Schokolowski unzufrieden.

»Weil es zu dem Spiel gehört!«

»Zu welchem Spiel?«

»Wettschmecken!«

»Wettschmecken?« Mit seiner brombeerfarbenen Zunge fuhr sich Schokolowski über das Maul. »Das klingt gut!«

In der Küche erklärte Tobi, er brauche ein paar Süßigkeiten – zum Topfschlagen.

Sein Vater stellte ihm eine kleine Auswahl zusammen.

»Und der Topf?«, fragte er, als Tobi mit den Süßigkeiten abzog.

»Ach ja, der Topf«, sagte Tobi und nahm auch noch den zerbeulten Topf und einen Holzlöffel mit.

Danach holte er in seinem Zimmer das alte Kasperletheater aus dem Schrank und baute es neben dem Bett auf.

»Und was ist mit dem Kuchen?«, erinnerte ihn Schokolowski.

»Mit dem Kuchen?«, wiederholte Tobi. Um Schokolowski noch mehr Appetit zu machen, fragte er: »Möchtest du ein Schokoladentörtchen oder einen Nugatring?«

»Oder?«, rief Schokolowski. »Ich will alles!«

»Ja, aber nicht auf einmal! Du darfst dir *ein* Stück aussuchen. Und das bekommst du hier, hinter der Kasperlebude!«

»Hinter der Bude? Und warum?«

»Weil das auch zu dem Spiel gehört!«

»Und es ist kein Haken dabei?«

»Im Gegenteil!«, versicherte Tobi. »Es gibt süße Überraschungen!«

»Einverstanden«, sagte Schokolowski. »Aber dann will ich ein Schokoladentörtchen *und* einen Nugatring!«

Tobi gab ihm das Törtchen und den Nugatring. Anschließend zeigte er Schokolowski, wie er sich in die Kasperlebude hineinlegen sollte: mit dem Kopf voran, sodass seine große Schnauze direkt unter den Vorhängen war.

»Das ist keine sehr gemütliche Stellung!«, beschwerte sich Schokolowski.

»Aber jetzt bist du näher dran!«, antwortete Tobi.

»Näher wo dran?«

»An den süßen Überraschungen!«

»Ach so«, sagte Schokolowski und folgsam legte er sich hin.

Tobias fiel ein, dass er noch eine Augenbinde brauchte. Er lief in den Flur und holte einen Schal, einen dicken aus Wolle.

Dann rief er: »Das Spiel fängt an! Inge Siebenstiefel ist die Erste!«, und kehrte schnell in sein Zimmer zurück.

Schokolowski schielte hinter dem Kasperletheater hervor, als Tobi eintrat.

»Denk an die restlichen Schokoladentörtchen und an den Nugatring!«, ermahnte Tobi ihn. »Die bekommst du nur, wenn du unsichtbar bleibst und genau das machst, was ich dir sage!«

»Jaja«, knurrte er. »Ich weiß Bescheid.«

Inge Siebenstiefel erschien. Ihr Blick wanderte zur Kasperlebude.

»Willst du mir was vorspielen?« Sie kicherte.

»Nein. Die Vorhänge brauchen wir für das Süßigkeitenwettschmecken«, antwortete Tobi.

»Es sind wohl sehr viele Süßigkeiten, die ich schmecken soll?«, fragte Inge Siebenstiefel gierig.

»Ja, ziemlich. Aber zuerst müssen wir deine Augen verbinden.«

»Meine Augen verbinden? Und warum?«

»Ganz einfach: Weil man mit verbundenen Augen besser schmecken kann!«

Das leuchtete Inge Siebenstiefel ein. Bereitwillig ließ sie sich von Tobi den Schal umbinden. Dann führte er sie zu dem niedrigen Stuhl, der vor der Kasperlebude stand. Inge Siebenstiefel nahm Platz.

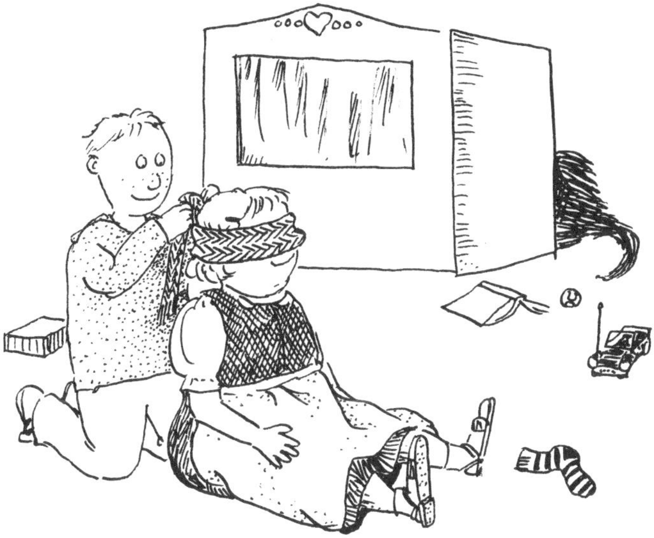

Tobi ging hinter die Kasperlebude und machte Schokolowski ein Zeichen, ganz still zu sein.

»Siehst du etwas?«, fragte er Inge Siebenstiefel.

»Nein«, sagte sie.

Langsam zog er die Vorhänge zur Seite. »Immer noch nicht?«

»Nein«, antwortete sie. »Aber es riecht nach Hund!«

Tobi zwinkerte Schokolowski verschwörerisch zu. »Das ist bestimmt die Hundedecke vor dem Bett.«

»Puh!«, machte Inge Siebenstiefel. »Wie du das überhaupt aushalten kannst …«

»Tja, ich bin eben nicht zimperlich«, sagte Tobi. »Und du hoffentlich auch nicht«, fügte er hinzu. »Jetzt beginnt nämlich unser Schmeckwettbewerb!«

»Endlich!«, sagte sie.

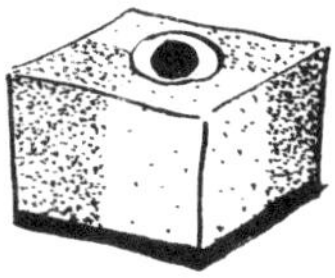

Lass kommen, was will!

»Also, pass auf!« Tobi holte tief Luft. »Zuerst frage ich dich: ›Bist du bereit?‹, und du antwortest: ›Lass kommen, was will!‹, und machst den Mund weit auf. Ja, und das ist eigentlich schon alles!«

Inge Siebenstiefel machte den Mund auf – und schloss ihn wieder. »Was ist denn?«, zischte sie.

Tobi unterdrückte ein Lachen. »Ich habe noch gar nicht ›Bist du bereit?‹ gefragt! Und du hast noch gar nicht ›Lass kommen, was will!‹ geantwortet!«

»Dann frag mich doch!«

Tobi nahm zwei Gummibärchen aus der Dose. Sogleich hob Schokolowski den Kopf und schnupperte.

Tobi legte einen Finger auf die Lippen.

»Bist du bereit?«, fragte er Inge Siebenstiefel.

»Ja. Lass kommen, was will!«, sagte sie.

Tobi schob ihr ein Gummibärchen in den Mund.

»Hm, lass mich schmecken ... Das ist, das ist – ja, das muss ein Gummibärchen sein!«

»Richtig!«

»Kriege ich nur ein einziges?«

»Ja, sicher«, antwortete Tobi. Das zweite hatte er Schokolowski gegeben.

»Ich hatte auch nur eins«, sagte Schokolowski. Tobi knufftc ihn warnend.

»Was, du nimmst dir auch Süßigkeiten?«, rief Inge Siebenstiefel. »Aber *ich* mache doch den Schmeckwettbewerb!«

»Leider«, meinte Schokolowski.

»Kein Grund zur Aufregung«, sagte Tobi. »Hier kommt schon die nächste Süßigkeit. Bist du bereit?«

Anstelle von Inge Siebenstiefel antwortete Schokolowski: »Lass kommen, was will!«

»Du brauchst mir den Spruch nicht dauernd vorzusagen«, fauchte sie. »Ich bin nicht vergesslich. Lass kommen, was will!«

Tobi blickte Schokolowski drohend an, bevor er Inge Siebenstiefel einen Malzbonbon gab. Es fiel ihr nicht schwer, ihn zu erschmecken. Schokolowski bekam keinen Bonbon, zur Strafe.

»Denk an die Törtchen!«, flüsterte Tobi Schokolowski zu.

»Törtchen?« Inge Siebenstiefel lachte glucksend. »Du darfst mir doch nicht alles verraten!«

Und schon machte sie den Mund weit auf. Wortlos legte Tobi ein Stück Würfelzucker auf ihre Zunge.

»Das ist ja gar kein Törtchen!«, schimpfte sie. »Das ist Zucker, primitiver Zucker!«

»Zucker? Lecker!«, rief Schokolowski.

Tobi blickte ihn noch etwas drohender an.

»Bist du bereit?«, fragte er Inge Siebenstiefel.

»Wenn du bloß Zucker hast ...«, maulte sie. »Lass kommen, was will ...«

Tobi ließ sie etwas Brausepulver probieren.

»Das ist Brausepulver.« Sie kicherte. »Du stellst mir ja babyleichte Aufgaben!«

»Findest du?«, tat Tobi verwundert. Er hatte ihr mit Absicht ganz leichte Aufgaben gestellt, damit sie nicht vorzeitig die Lust verlor!

Und unaufhaltsam näherten sie sich dem Höhepunkt des Schmeckwettbewerbs ...

»Bist du bereit?«, fragte er.

»Lass kommen, was will!«, antwortete sie.

Da holte Tobi den Schokokuss aus der Dose. Inge Siebenstiefel öffnete erwartungsvoll den Mund –

und Tobi stopfte den Schokokuss hinein. »Stopfen« im wahrsten Sinne des Wortes. Sie schluckte und prustete. Dann war der Schokokuss verschwunden und Inge Siebenstiefel hatte einen weiß und braun umrahmten Mund: weiß von der Schaummasse und braun von der Schokoladenglasur.

Tobi musste sich zusammennehmen, um nicht zu lachen. Aber Inge Siebenstiefel war ihm keineswegs böse.

»Das ist ein Schokokuss!«, verkündete sie. »Hm, von dem hat man wenigstens etwas ...« Mit der Zungenspitze fuhr sie sich über die Lippen.

»Warte!«, rief Tobi erschrocken. »Du darfst dir den Mund nicht ablecken! Erst wenn du die letzte Sache erschmeckt hast!«

»Ach, es kommt noch eine Süßigkeit?«, fragte sie.

»Ja! jetzt kommt etwas ganz, ganz Süßes!«, sagte Tobi. »Bist du bereit?«

»Aber ja«, schmetterte sie. »Lass kommen, was will!«

»Nun bist du an der Reihe!«, flüsterte Tobi Schokolowski zu.

»Womit?«, fragte er flüsternd zurück.

»Hast du nicht gehört: Lass kommen, was will?«

»Du meinst, *ich* soll ...«

»Ja!«

»He, mit wem redest du da?«, fragte Inge Siebenstiefel.

»Reden? Mit wem sollte ich reden?«, erwiderte Tobi in gespielter Unschuld.

»Mit der Person, die noch im Zimmer ist!«, antwortete sie.

»Hier ist keine … Person!«, erklärte Tobi – durchaus wahrheitsgemäß, denn er wusste, dass man einen Hund nicht als »Person« bezeichnete.

»Auch noch lügen«, zischte Inge Siebenstiefel. »Bestimmt ist es Timmi oder Oliver!«

Tobi fürchtete schon, dass sie ihre Augenbinde abnehmen würde. Energisch stieß er Schokolowski in die Seite.

»Jetzt?«, fragte Schokolowski.

Tobi nickte.

Da stand Schokolowski auf, streckte seinen Kopf durch die Kasperbühne und begann, die Schaummasse und die Schokoladenglasur von Inge Siebenstiefels Mund abzulecken. Es war ein Anblick, den Tobi wohl nie vergessen würde: Schokolowskis brombeerfarbene Zunge fuhr Inge Siebenstiefel durchs Gesicht und sie rührte sich nicht!

Erst nach einigen Schrecksekunden sprang sie in die Höhe und schrie gellend: »Pfui! Aufhören!«

Sie riss sich den Schal von den Augen und rot vor Zorn starrte sie zuerst Schokolowski an und dann Tobi.

»Du, du …« Sie schnappte nach Luft.

»Hast du nicht gesagt: ›Lass kommen, was will!‹?«, hielt Tobi ihr entgegen.

»Ein widerlicher, gemeiner Kerl bist du!«, schrie sie.

Laut schluchzend rannte sie zur Tür und knallte sie hinter sich zu.

Gute Ohren

»Das war wirklich ein lustiges Spiel!«, meinte Schokolowski.

»Lustig?«, sagte Tobi.

Ihm war auf einmal gar nicht mehr zum Lachen zumute; denn er stellte sich vor, wie Inge Siebenstiefel schnurstracks zu seinen Eltern lief und ihnen alles haarklein berichtete …

»So, und nun will ich meine Törtchen und den Nugatring!«, verlangte Schokolowski.

Tobi gab sie ihm.

Hungrig fraß Schokolowski die beiden Törtchen und den Nugatring. Dann streckte er sich vor Tobis Bett zum Schlafen aus.

Das ist bestimmt das Klügste, was er tun kann!, dachte Tobi. Voller Unbehagen sah er auf die Zimmertür – in der Erwartung, dass jeden Moment seine Eltern hereinkommen würden, mit Inge Siebenstiefel im Schlepptau.

Doch nichts geschah. Vorsichtig öffnete er die Tür.

Er hörte die Stimme seines Vaters: »Und du bist sicher, dass es Schokolowski war?«

»Ja!«, antwortete Inge Siebenstiefel.

»Aber wieso?«, fragte Tobis Mutter.

Inge Siebenstiefel schluchzte. »Weil Tobi ihn dazu aufgefordert hat! Er hat zu Schokolowski gesagt: ›Nun bist du an der Reihe!‹«

»Und du glaubst, Schokolowski hätte das verstanden?«, erwiderte Tobis Vater.

»Natürlich hat er das verstanden!«, sagte Inge Siebenstiefel. »Er hat Tobi sogar gefragt: ›Du meinst, *ich* soll?‹«

Jetzt lachte Tobis Vater. »Schokolowski hat Tobi … gefragt?«

»Und ob!«, bestätigte Inge Siebenstiefel. »Ich habe sehr gute Ohren, das können Sie mir glauben!«

»Wir bezweifeln gar nicht, dass du gute Ohren hast«, sagte Tobis Mutter. »Wir glauben bloß nicht, dass es Schokolowski gewesen ist, der gesprochen hat!«

Tobi spürte eine gewisse Erleichterung. Inge Siebenstiefel machte sich nur lächerlich, wenn sie erzählte, Schokolowski würde sprechen!

Sie schluchzte wieder. »Am Anfang dachte ich ja, es wäre Timmi oder Oliver. Aber dann hab ich die Augenbinde abgenommen. Und da war niemand im Zimmer, bloß Schokolowski und Tobi!«

»Derjenige könnte sich doch vorher rausgeschlichen haben«, wandte Tobis Mutter ein.

»Nein, das hätte ich gemerkt!«, erklärte Inge Siebenstiefel.

»Das Beste wäre wohl, Timmi und Oliver selbst zu fragen!«, sagte Tobis Vater.

Wäre? Ein eisiger Schreck durchzuckte Tobi. Das klang, als hätten seine Eltern Oliver und Timmi und Eva nach Hause geschickt! Aber nein, so herzlos konnten sie nicht gewesen sein! Auf Zehenspitzen näherte Tobi sich der Küche. Sie saßen am Tisch, Inge Siebenstiefel und seine Eltern. Vor Inge lag ein Haufen zerknüllter Papiertaschentücher.

»Da ist Tobi ja!« Seine Mutter hatte ihn als Erste entdeckt. »Gut, dass du kommst«, sagte sie. Es klang aber nicht sehr freundlich. »Du kannst dich gleich bei Inge entschuldigen!«

»Entschuldigen?«, tat er überrascht.

Inge Siebenstiefel griff demonstrativ nach einem Taschentuch.

»Oh, ja!«, antwortete seine Mutter. »Dein Spiel, dieses – wie hieß es noch?«, wandte sie sich an Inge Siebenstiefel.

»Lass kommen, was will«, schniefte Inge.

»Ich möchte wissen, wer dich auf die Idee zu diesem unmöglichen Spiel gebracht hat!«

Tobi schaute seinen Vater an. »Ach«, sagte er. »Jemand hat mir davon erzählt – in der Schule!«

»Und du musst natürlich jeden Unsinn, von dem du in der Schule hörst, sofort bei uns zu Hause ausprobieren!«, schimpfte seine Mutter.

»Nicht jeden«, erwiderte Tobi und gab sich Mühe, ein zerknirschtes Gesicht zu machen.

»So, und jetzt wirst du Inge um Verzeihung bitten!«, forderte sie ihn auf

»Wenn es sein muss ...« Tobi räusperte sich umständlich. »Entschuldige bitte!«

Inge Siebenstiefel gab keine Antwort. Sie nahm ein neues Taschentuch und wischte sich den Mund. Dabei war er längst sauber.

»Inge muss aber auch was sagen!«, verlangte Tobi.

»Und was?«, fragte seine Mutter.

»Dass sie die Entschuldigung annimmt!«

»Angenommen!«, sagte Inge Siebenstiefel frostig.

Und er spricht doch!

Eine Pause entstand.

»Wo sind eigentlich Timmi und Oliver und Eva?«, fragte Tobi.

»Sie holen Eis«, antwortete sein Vater.

»Ihr habt sie *nicht* nach Hause geschickt?«, rief Tobi.

»Nein«, sagte seine Mutter. »Obwohl du es verdient hättest!«

Inge Siebenstiefel schluchzte und nickte. Tobi fand es klüger, zu schweigen. Die Hauptsache war, dass seine Freunde wiederkamen! Und Eis aß Tobi immer gern – genau wie Inge Siebenstiefel: Für sie gab es acht Kugeln mit einer dicken Sahnehaube!

Als alle auf der Terrasse mit ihrem Eis beschäftigt waren – Tobi hatte allerdings nur eine einzige Kugel bekommen – erschien Schokolowski.

Inge Siebenstiefel musterte ihn finster.

»Und er spricht doch!«, verkündete sie.

»Jaja!« Tobis Vater lachte. »Wenn du ihm jetzt deinen Eisbecher überlässt, sagt er garantiert: ›Danke!‹«

Aber ihren Eisbecher wollte Inge Siebenstiefel nicht hergeben. Und so musste Schokolowski zusehen, wie sie genüsslich die Sahne und die acht Eiskugeln in sich hineinlöffelte.

Später, nach der Geburtstagsfeier, tröstete Tobi ihn in seinem Zimmer mit vier Marzipankugeln.

»Geizig ist sie auch noch, die gestiefelte Inge!«, sagte Schokolowski erbost. »Zuerst will sie die acht Eiskugeln ganz für sich alleine! Und dann verschenkt sie auch noch solche Mogelpackungen!«

»Mogelpackungen?«

»Na ja – eine Packung, in der gerade zehn Stück sind ...«

»Marzipankugeln kosten ziemlich viel Geld«, bemerkte Tobi.

»Für dich wäre mir nichts zu teuer!«, erklärte Schokolowski und schnappte sich noch zwei leckere Marzipankugeln.

»Du wolltest wohl sagen: Für *dich* wäre dir nichts zu teuer!«, entgegnete Tobi.

»Wie kommst du denn darauf?«

»Weil du jetzt schon sechs Marzipankugeln gegessen hast – und ich keine einzige!«

»Habe ich nicht gesagt, dass es eine Mogelpackung ist?« Schokolowski leckte sich das Maul. »Außerdem hast du im Wohnzimmer noch die Pralinenschachtel! Warum holst du die nicht?«

»Weil sie im Wohnzimmer bleiben soll«, antwortete Tobi. »Da ist sie sicherer!«

»Oh, sicherer als hier kann sie gar nicht sein!«, meinte Schokolowski. »Wir Bernhardiner sind sehr, sehr wachsam! Die Wachsamkeit ist eine unserer herausragendsten Eigenschaften!«

»Bei dir ragt eine andere Eigenschaft noch mehr heraus!«, erwiderte Tobi.

»So? Und welche?«, fragte Schokolowski.

»Die Gefräßigkeit!«

Schokolowski lächelte geschmeichelt. »Das stimmt. Bei uns Bernhardinern ist der gesunde Appetit noch herausragender als die Wachsamkeit!«

Mit diesen Worten nahm er sich noch zwei Marzipankugeln.

Dann trottete er in den Flur und zufrieden rollte er sich vor der Wohnungstür zusammen.

Übrigens – ich habe jetzt einen Hund!

Für den nächsten Nachmittag wurden Tante Petra und Onkel Ortwin zum Kaffeetrinken erwartet.

Aber erst einmal gab es das typische »Sonntagmorgenfrühstück«, eine Mischung aus Frühstück und Mittagessen: mit Rührei und Käse, Toast Hawaii, Hörnchen, frischem Obstsalat, Quark und Jogurt …

Tobi liebte dieses gemütliche Frühstück, das anderthalb Stunden und länger dauern konnte.

Nur Schokolowski war sichtlich unzufrieden. Den Grießbrei mit Rosinen, den ihm Tobis Mutter gekocht hatte, rührte er überhaupt nicht an. Und das Leberwurstbrot schien ihn auch nicht zu verlocken. Er schnupperte daran – und wandte sich ab.

»Er muss doch etwas essen!«, sagte Tobis Mutter.

»Ich würde ihm Kuchen geben«, schlug Tobi vor. »Den frisst er bestimmt!«

Seufzend stellte sie Schokolowski ein Stück Nusstorte hin.

»Aber nur, weil heute Sonntag ist!«, betonte sie. »Morgen früh kaufe ich Dosenfutter!«

Unbeeindruckt von dieser Drohung fraß Schokolowski die Torte. Tobi biss sich auf die Lippen. Seine Mutter würde schon sehen, wie weit sie mit ihren Erziehungsmethoden bei Schokolowski kam …!

Nach dem Frühstück meinte Tobis Vater: »Tobi sollte unbedingt vorher bei Tante Petra und Onkel Ortwin anrufen! Sonst kriegen sie noch einen Schock wegen Schokolowski!«

»Den kriegen sie sowieso«, entgegnete Tobi. Tante Petra und Onkel Ortwin konnten Hunde nicht ausstehen – und Kinder auch nicht! »Kinder und Hunde bringen nur Dreck herein« – das war ein gern gebrauchter Ausspruch von Tante Petra.

»Vielleicht mögen sie Schokolowski?« Tobis Vater lachte.

»Wer's glaubt …«, sagte Tobi. Aber er gehorchte und wählte die Nummer von Tante Petra und Onkel Ortwin. Tante Petra nahm ab.

Nach einem kurzen Bericht über die Geburtstagsfeier mit seinen Freunden kam Tobi zur Sache: »Übrigens – ich habe jetzt einen Hund!«

»Du hast – was?«, fragte sie.

»Einen Hund«, antwortete Tobi.

»Nein!«

»Doch!«

»Und was für eine Rasse?«

»Sie fängt mit ›B‹ an!«

»Ist es ein Basset?«

»Nein, größer!«

Tante Petra überlegte. »Ein Boxer?«

»Noch größer ...«

»Noch größer? Etwa ein Bobtail?«

»Nein, größer!«

»Was? Noch größer?«

»Ja! Es ist ein ... Bernhardiner!«, verriet Tobi.

»Nein!«

»Doch!«

»Ortwin!«, rief Tante Petra. »Ortwin!«

Und dann durfte Tobi seinem Onkel alles noch einmal erzählen. Aber auch Onkel Ortwin wollte ihm nicht glauben. Und so musste schließlich Tobis Vater – der Bruder von Onkel Ortwin – bestätigen, dass Tobi tatsächlich einen Bernhardiner zum Geburtstag bekommen hatte. »Einen ganz, ganz lieben!«, wie er hinzufügte.

Trotzdem – am Nachmittag musterten sie Schokolowski, als wäre er ein gefährliches Raubtier. Tante Petra jammerte, er würde ihr garantiert die Strümpfe zerreißen, und Onkel Ortwin sorgte sich um seinen Anzug. Dabei machte Schokolowski überhaupt keinen Versuch, sich ihnen zu nähern. Er schien genau zu spüren, dass er unerwünscht war!

»Pass bloß auf deine schöne neue Eisenbahn auf!«, warnte Onkel Ortwin.

Tante Petra und Onkel Ortwin hatten Tobi – so unglaublich das war – eine Holzeisenbahn zum Geburtstag geschenkt!

»Sie ist völlig ungiftig und nur mit Bienenwachs behandelt!«, schwärmte Tante Petra.

»Jaja«, brummte Tobi, der sich mindestens fünf Jahre zu alt für eine Holzeisenbahn fühlte. Von ihm aus konnte Schokolowski nach Herzenslust auf der Eisenbahn herumbeißen – vor allem, wenn sie ungiftig war!

Hundefieber

»Jetzt ist wohl ein größeres Auto fällig!«, bemerkte Onkel Ortwin beim Kaffeetrinken.

»Am besten gleich ein Kombi!«, ergänzte Tante Petra.

Schokolowski, der vor der Terrassentür lag, begann leise zu knurren. Wahrscheinlich dachte er an Knüll und Pinschermann mit ihrem Kombiwagen …

»Wir wollten uns sowieso ein anderes Auto kaufen«, antwortete Tobis Mutter.

»Und das Fressen?« Onkel Ortwin nahm sich ein zweites Stück Torte. »So ein Bernhardiner braucht doch mindestens drei Kilo Fleisch am Tag!«

»Schokolowski nicht!«, erwiderte Tobi.

»Dein Bernhardiner ernährt sich von Luft und Liebe, wie?«, meinte Tante Petra spöttisch.

»Nein, von … « Tobi stockte.

»Von Trüffeln und Schokolade!«, verkündete da Schokolowski mit seiner tiefen Stimme.

Tante Petra und Onkel Ortwin blickten erstaunt zu Tobis Vater hinüber. Vermutlich glaubten sie, er hätte das gesagt.

Auch Tobis Mutter sah ihn stirnrunzelnd an. Aber dann lachte sie und sagte: »Schokolowski wird bald ganz normales Hundefutter fressen. Dafür werde ich schon sorgen!«

»Aber die Kosten!«, hielt ihr Tante Petra vor. »Fleisch ist ja soo teuer!«

»Ach …«, warf Tobi ein, »Jule hat jetzt einen Schlachtersohn als Freund!«

»War das der Junge mit der Schirmmütze, der Juliane vorhin abgeholt hat?«, fragte Onkel Ortwin.

»Ja«, bestätigte Tobis Vater.

»Aber er sah gar nicht aus wie ein Schlachter!«, sagte Tante Petra.

»*Er* ist ja auch kein Schlachter«, antwortete Tobi. »Sein Vater hat einen Schlachterladen!«

Seine Tante warf ihm einen kühlen Blick zu. »Eine Schlachterfamilie ist nun wahrlich nicht der richtige Umgang für unsere Juliane!« »Unsere« sagte sie, weil Jule ihr Patenkind war.

»Keine Sorge«, entgegnete Tobis Vater. »Jule will ihn ja nicht gleich heiraten!«

Tante Petra gab einen entrüsteten Laut von sich.

»Und Tobias?«, sagte Onkel Ortwin. »Habt ihr gar keine Angst, dass der Bernhardiner ihn auf der Straße unter ein Auto ziehen könnte?«

»Schokolowski muss eben lernen, an der Leine zu gehen oder Kommandos zu befolgen!«, erwiderte Tobis Mutter.

»Viel Erfolg werdet ihr damit nicht haben«, meinte Tante Petra spitz. »Der Hund ist doch längst ausgewachsen, oder?«

Tobis Eltern wechselten einen Blick.

»Fast«, antwortete Tobis Mutter.

»Fast? Wie alt ist er denn?«, wollte Onkel Ortwin wissen.

»Ja, also ...« Tobis Vater zögerte. »Er hat keine Papiere, wisst ihr.«

»Er hat keine Papiere?«, sagte Tante Petra. »Habt ihr den Hund denn nicht bei einem anerkannten Züchter gekauft?«

Wieder sahen sich Tobis Eltern an. »Ich denke, wir sollten diese Dinge nicht vor Tobi erörtern!«, erklärte seine Mutter dann – sehr geschickt, wie Tobi fand!

»Jedenfalls hätten wir nicht gedacht, dass ihr so

unvernünftig sein würdet, euch einen Bernhardiner anzuschaffen!«, bemerkte Onkel Ortwin.

»Unvernünftig?«, rief Tobi. »*Ich* finde es sogar sehr vernünftig, dass ich Schokolowski bekommen habe!«

In diesem Augenblick betrat Jule das Zimmer.

»Nun, Juliane, wie denkst *du* über den Familienzuwachs?«, fragte Onkel Ortwin.

Jule errötete. »Familienzuwachs?«

»Offenbar hat sich unsere Juliane vom Hundefieber noch nicht anstecken lassen!«, sagte Tante Petra lobend.

Erschrocken blickte Jule zur Terrassentür. »Ist Schocker-Lowski etwa krank?« Sie lief zu ihm und begann ihn zu streicheln.

»Nein, er ist nicht krank!«, beruhigte Tobis Mutter sie. »›Hundefieber‹ meinte Tante Petra im übertragenen Sinne.«

Tante Petra verzog die Mundwinkel, als würde sie auf einer Zitrone herumbeißen. »Und ich dachte, Juliane hätte sich als Einzige in eurer Familie einen klaren Kopf bewahrt! Aber wie ich sehe, habe ich mich getäuscht ...«

»Ja, das hast du!«, sagte Tobi – voller Stolz, dass er zu dieser Familie dazugehörte! Auf einmal verspürte er den Wunsch, Jule und seine Eltern zu umarmen. Und das tat er dann auch, trotz der entrüsteten Blicke von Tante Petra und Onkel Ortwin.

»Ich glaube, wir sollten besser aufbrechen«, sagte Tante Petra. »Wie ist deine Meinung, Ortwin?«

»Ja, Linda hat bestimmt noch eine Menge zu tun!«, pflichtete Onkel Ortwin ihr bei.

»Zu tun? Was denn?«, fragte Tobis Mutter verwundert.

»Staubsaugen zum Beispiel!« Er zeigte auf den Teppich, auf dem tatsächlich ein paar Haare von Schokolowski lagen.

»Und mit eurer Hundeerziehung solltet ihr auch bald anfangen!«, ergänzte Tante Petra. »Falls es nicht schon zu spät ist ...«

»Ja, heute ist es wirklich zu spät!« Tobis Mutter lachte. »Aber morgen früh fangen wir gleich damit an!«

»Wir?«, sagte Tobi.

So ungerecht, wie das Leben nun einmal war, würde *er* morgen früh in der Schule sein ...

Schokolowski? Mama?

Für ein gutes Frühstück konnte Tobi am nächsten Tag allerdings noch sorgen: Während seine Mutter im Badezimmer war, schmuggelte er ein Stück Apfelkuchen und ein paar Kekse aus der Küche in sein Zimmer.

Schokolowski, der sich offenbar bereits auf Schlimmeres – wie Wurstbrote und Dosenfutter – eingestellt hatte, lächelte Tobi richtig dankbar zu.

»Wenn meine Mama dir ein Wurstbrot aufdrängen will, sag einfach: ›Nein, danke!‹«, schlug Tobi vor.

»Möchtest du wirklich, dass ich mit ihr … spreche?«, entgegnete Schokolowski sanft.

»Nein!«, sagte Tobi hastig. »Es reicht, wenn du nur den Kopf schüttelst – das versteht sie genauso! Und um halb eins bin ich wieder aus der Schule zurück!«, fügte er hinzu. »Am besten, du legst dich solange in mein Zimmer und schläfst!«

»Und wenn ich mal für kleine Hunde muss?«, antwortete Schokolowski.

Verlegen sah Tobi auf seine Uhr. »Das schaffe ich nicht mehr vor der Schule …«

»Ich könnte doch allein gehen!«

»Nein!«, rief Tobi erschrocken.

»Und warum nicht?«

»Weil … dann verläufst du dich vielleicht!«

Schokolowski legte amüsiert den Kopf schief. »Ich soll mich verlaufen? Ich mit meinen fünf Millionen Riechzellen?«

»Oder du landest bei Senta!« Senta war eine Hündin aus der Nachbarschaft.

»Bei Senta?«, wiederholte Schokolowski. »Hm, die Idee ist gar nicht schlecht …« Er schielte zum Fenster.

»Oder …« Tobi schluckte. »Oder du begegnest draußen Knüll und Pinschermann!«

Schokolowski begann zu knurren. »Erinnere mich nicht an die beiden!«, zischte er. »Hast du nicht selbst gesagt, man muss immer positiv denken?«

»Ich wollte dich nur warnen!«, erwiderte Tobi.

»Schon gut«, sagte Schokolowski. Und mit

einem schelmischen Lächeln meinte er: »Vielleicht muss ich auch gar nicht für kleine Hunde ...«

Doch als Tobi um halb eins aus der Schule kam und an seiner Wohnungstür klingelte, blieb es dahinter vollkommen still: kein Schokolowski, der bellte, keine Mama ...

Tobi klingelte noch einmal.

Nichts rührte sich.

Da wurde die gegenüberliegende Tür geöffnet und der alte Herr Ziegendraht, wie stets ganz in Schwarz gekleidet, spähte ins Treppenhaus.

»Deine Mutter hat mir euren Schlüssel gegeben«, sagte er mit seiner schleppenden Stimme.

»Sie hat *Ihnen* den Schlüssel gegeben?«, wunderte sich Tobi.

Nicht nur, dass seine Mutter ihm – ganz gegen ihre Gewohnheit – kein Wort davon gesagt hatte ... Mehr noch überraschte Tobi, dass sie ihren Schlüssel ausgerechnet dem ewig mürrischen Herrn Ziegendraht anvertraut hatte! Sonst brachte sie den Schlüssel zu den Sulzbachs, die ein Stockwerk höher wohnten – oder, wenn die nicht da waren, zu den Siebenstiefels.

»Wissen Sie zufällig, wo meine Mutter ist?«, fragte Tobi.

»Nein! Und es interessiert mich auch nicht!«,

antwortete Herr Ziegendraht barsch. »Hier, der Schlüssel!«

Tobi nahm den Schlüssel und bedankte sich. Dann schloss er die Tür zu seiner Wohnung auf.

»Schokolowski? Mama?«, rief er. Wie Tobi befürchtet hatte, blieb alles still, beängstigend still.

Mit Herzklopfen durchquerte Tobi den Flur. Die Küche sah aus, als wäre sie schon vor Stunden verlassen worden. Kein Topf stand auf dem Herd, der Tisch war nicht gedeckt …

Ja, und in der Spüle entdeckte Tobi sogar noch das Geschirr vom Frühstück!

Angenommen, seine Mutter war mit Schokolowski Gassi gegangen … Würde sie dann nicht so rechtzeitig wiederkommen, dass sie Tobi noch sein Mittagessen kochen konnte? Schließlich legte sie großen Wert darauf, dass er nach der Schule etwas »Richtiges« aß!

Nein, es gab nur eine Erklärung: Es musste etwas passiert sein, irgendetwas mit Schokolowski …

Als Tobi gerade im Wohnzimmer den Telefonhörer abgenommen hatte, um seinen Vater anzurufen, wurde die Wohnungstür aufgeschlossen.

»Mama! Schokolowski!«, rief er.

Sie waren es wirklich! Aber sie machten gar keinen verängstigten Eindruck, im Gegenteil. Seine

Mutter nickte ihm fröhlich zu und stellte ein paar Tüten in den Flur. Schokolowski wedelte bei Tobis Anblick mit dem Schwanz – und gähnte.

»Wo wart ihr?«, rief Tobi.

»Einkaufen!«, antwortete seine Mutter und nahm Schokolowski das Halsband ab.

»Einkaufen?« Tobi glaubte sich verhört zu haben. »Ich warte schon seit einer halben Stunde! Und ich hab mir schreckliche Sorgen gemacht!«

»So?«, sagte sie nur und ging mit den Tüten an ihm vorbei in die Küche. Schokolowski rollte sich im Flur zusammen und schloss, sichtlich erschöpft, die Augen. »Weißt du, Schokolowski musste an jedem Baum stehen bleiben und ihn beschnüffeln!« Sie lachte. »Ja, und dann habe ich mich ausführlich im Tiergeschäft beraten lassen ...«

»Und das Mittagessen?« Tobi zeigte auf den Herd. »Ich habe entsetzlichen Hunger!« Das stimmte zwar nicht, weil ihm durch die Aufregung der Appetit vergangen war. Aber er fand, dass seine Mutter die Sache allzu sehr auf die leichte Schulter nahm!

Sie stupste ihn neckend. »Und du konntest dir keine Scheibe Brot abschneiden? Oder schon mal für uns den Tisch decken? Bist du so unselbstständig?«

»Ich bin nicht unselbstständig«, erwiderte Tobi. »Ich war nur besorgt – deinetwegen!«

»Meinetwegen?« Sie begann die Tüten auszupacken. »Aber Tobi! Wenn ich mit Schokolowski unterwegs bin, brauchst du wirklich keine Angst um mich zu haben!«

Für den verwöhnten Liebling

»Essen wir heute etwa Hundefutter?« Unzufrieden musterte Tobi die vielen Leckereien für Hunde, die zum Vorschein kamen: Hundekuchen, Hundekekse, Hundebonbons …

»Nein!« Seine Mutter lächelte. »Für uns habe ich Käse und Schinken mitgebracht.«

»Was? Wir essen kalt?«, rief Tobi empört.

»Warum nicht?«, antwortete sie.

»Und ich dachte, wir essen etwas Richtiges …«, sagte Tobi.

»Etwas Richtiges gibt es heute für Schokolowski!«, erklärte sie und zeigte Tobi ein Paket, auf dem »Wolfi, die Schokobrocken für den verwöhnten Liebling« stand. »Wenn die nichts für unseren Schokolowski sind!«

»Für unseren Schokolowski …«, wiederholte

Tobi grimmig. »Er scheint dir ja inzwischen mehr am Herzen zu liegen als ich!«

Seine Mutter lachte nur und schaltete das Radio ein.

»Ich werde hier wohl nicht mehr gebraucht!«, knurrte Tobi.

»Oh, doch«, widersprach sie. »Zum Tischdecken!«

Kurz darauf kam Jule.

Mit den Worten »Stell dir vor, wir essen kalt!« empfing Tobi sie in der Küche.

Aber in Jule hatte er diesmal keine Verbündete. »Na, prima!«, meinte sie. »Das macht wenigstens nicht dick!«

Tobi deutete auf die Pakete mit dem Hundefutter. »Da! Alles für den verwöhnten Liebling!«

»So viel – und nur für dich?« Sie kicherte.

»Eben nicht!«, sagte er finster. »Die ganzen Pakete hat Mama für Schokolowski gekauft!«

»Ja«, bestätigte Tobis Mutter. »Ab heute ist Schluss mit Kuchen und Schokolade!«

Aus dem Flur war ein heiseres Lachen zu hören.

Tobis Mutter erschrak. »Das klang ja wie Herr Ziegendraht! Hat der noch unseren Schlüssel?«

»Nein«, antwortete Tobi. »Warum hast du *dem* überhaupt unseren Schlüssel gegeben?«

»Ich hatte es eilig«, antwortete sie.

»Ja, beim Weggehen – nicht beim Wiederkommen!«

»Was ist eigentlich mit Tobi los?«, wollte Jule wissen.

»Ich glaube, er ist eifersüchtig«, sagte Tobis Mutter.

»Eifersüchtig?«

»Ja! Weil sich nicht mehr alles um ihn dreht!« Sie zwinkerte Jule zu. »So ähnlich war es auch bei dir, als Tobi geboren wurde. Damals warst du schrecklich eifersüchtig!«

»Pah, eifersüchtig ...«, erwiderte Tobi. Er spürte, dass er rot geworden war. »Eins kann ich euch jetzt schon sagen: Von dem teuren Hundefutter wird Schokolowski nichts, gar nichts anrühren!«

Doch Tobi sollte sich getäuscht haben. An der Mahlzeit aus »Flocki«, den »urgesunden Getreideflocken« und »Wolfi-Schokobrocken«, die Tobis Mutter am Nachmittag zubereitete, schnüffelte Schokolowski gar nicht erst lange. Voller Appetit fing er an zu fressen. Am besten schienen ihm »Wuffi-Schokoladendrops für Hunde« zu schmecken, die Tobis Mutter noch – zur Geschmacksverbesserung, wie sie erklärte – über das Fressen gestreut hatte.

Anschließend leckte er sich das Maul, gähnte zufrieden und trottete in Tobis Zimmer.

»Was sagst du nun?« Tobis Mutter strahlte.

»Nichts!«, knurrte Tobi.

»Der junge Mann im Tiergeschäft hat mich wirklich gut beraten!«, lobte sie. »Weißt du, wir werden Schokolowskis Süßigkeitensucht ganz allmählich ausschleichen!«

»Was werden wir?«

»Seine Süßigkeiten-Sucht ausschleichen – so nennt man das. Die süßen Sachen in seinem Fressen werden jeden Tag etwas weniger – und so gewöhnt er sich nach und nach an normales Futter!«

»Und du glaubst, das merkt er nicht?«, sagte Tobi.

»Warten wir's ab!«, antwortete sie. »Auf jeden Fall sind wir heute einen großen Schritt vorangekommen!«

»Wir? Du!«, entgegnete Tobi. »Ich hab ja bei Schokolowski nichts mehr zu melden …«

Seine Mutter lachte. »Und ob! Ich möchte dir sogar eine sehr wichtige, verantwortungsvolle Aufgabe übertragen!«

»Und welche?«, fragte Tobi misstrauisch.

»Das Zähneputzen!«

Blitzeblank, oh, Blitzeblank

»Zähneputzen? Bei Schokolowski?«, rief Tobi.

Seine Mutter nickte. »Ja! Das ist mir auf dem Nachhauseweg eingefallen. Wenn wir ihm Schokoladendrops füttern, müssen wir auch etwas für seine Zähne tun!«

»Gibt es denn Zahnbürsten für Hunde?«

»Das weiß ich nicht. Aber ich dachte, du könntest mit Schokolowski noch einmal zu dem Tiergeschäft gehen und den netten jungen Mann danach fragen. Er wird dich bestimmt genauso gut beraten wie mich!«

Tobi zögerte. Er hatte keine Ahnung, wie Schokolowski reagieren würde, wenn Tobi mit einer Bürste in sein Maul wollte … Aber zum Glück konnte Schokolowski sprechen!

Sobald sie in seinem Zimmer allein waren, fragte

Tobi ihn, ob er bereit wäre, sich die Zähne putzen zu lassen.

»Hm, kommt drauf an …«, sagte Schokolowski.

»Auf die Zahnbürste?«

»Nein, auf die Belohnungen!« Schokolowski lächelte. »Wenn wir uns zum Beispiel auf zwei Trüffel für die obere Zahnreihe und auf drei Trüffel für die untere Zahnreihe einigen …«

»Wieso für die obere Zahnreihe zwei und für die untere drei?«, fragte Tobi.

»Weil ich, wie alle Bernhardiner, unten zwei Zähne mehr habe als oben!«, erklärte Schokolowski. »Oben musst du nur zwanzig Zähne putzen, unten dagegen zweiundzwanzig …«

»Nur?« Tobi stöhnte leise.

»Du kannst mir auch für jeden geputzten Zahn einen Trüffel geben!«, schlug Schokolowski vor. »Das wären dann … Ja, genau achtundvierzig!«

»*Acht*undvierzig?«, rief Tobi. »Zwanzig plus zweiundzwanzig sind immer noch *zwei*undvierzig!«

»Tatsächlich?« Schokolowski lachte verschmitzt. »Ich hätte gar nicht gedacht, dass du so gut rechnen kannst! – Du bist also einverstanden?«, fragte er nach einer Pause.

»Womit?«

»Mit den zweiundvierzig Trüffeln!«

»Nein! Dann ist das Zähneputzen ja gleich für die Katz!«

»Für die Katz?«, wiederholte Schokolowski entrüstet. »Wenn schon, dann für den Hund! Ich hasse Katzen! Pinschermann hatte eine Katze – eine Bestie, die mir die Augen auskratzen wollte!«

»Haben dir Knüll und Pinschermann auch die Zähne geputzt?«, fragte Tobi.

»Wo denkst du hin? Nein! Die hätte ich niemals an meine Zähne rangelassen!«

»Und mich würdest du lassen?«

Schokolowski verdrehte die Augen. »Wenn du es vorsichtig machst ... aber dann möchte ich ›Blitzeblank‹!«, forderte er.

»›Blitzeblank‹?«

»Jawohl! Kennst du nicht die Werbung, wo ein toll aussehender Typ auf einer Party ist, und alle laufen schreiend vor ihm weg, weil er Mundgeruch hat? Dann gibt ihm ein anderer Typ ›Blitzeblank‹ – und danach ist er der Liebling aller Damen!«

»Von ›Blitzeblank‹ habe ich noch nie etwas gehört«, bemerkte Tobi.

»Nicht?«, tat Schokolowski entrüstet.

»Nein. Schließlich kann man nicht alle Zahnpasten kennen!«, antwortete Tobi.

»Alle nicht«, gab Schokolowski ihm Recht. »Aber ›Blitzeblank‹ – die sollte man kennen!« Und im Ton eines Fernsehsprechers verkündete er:

»Blitzeblank, oh, Blitzeblank,
ich sag dir täglich: vielen Dank!
Durch dich bin ich beliebt,
wie schön, dass es dich gibt!«

»Geht ihr jetzt zum Tiergeschäft?«, fragte Tobis Mutter aus dem Flur.

»Aber ja!«, sagte Schokolowski und mit den Worten »Blitzeblank, oh, Blitzeblank, wir kommen!« lief er zur Tür.

Haben Sie Zahnbürsten?

Unterwegs hatte Schokolowski es allerdings nicht mehr so eilig. An jedem Baum blieb er stehen, um ihn zu beschnuppern. Und immer wieder hob er das Bein, um seine »Duftmarken« zu hinterlassen. Aber wenigstens kam kein Auto mit einer Sirene und so erreichten sie ohne Zwischenfall das kleine Einkaufszentrum. Dort gab es einen Supermarkt, eine Drogerie, einen Blumenladen – ja, und das Tiergeschäft.

»Bist du einverstanden, wenn ich dich hier anbinde?«, fragte Tobi und zeigte auf das Schild mit der Aufschrift »Wir warten draußen«.

»Anbinden?«, sagte Schokolowski, nicht gerade begeistert. »Ich denke, wir wollen Zahnbürsten ausprobieren?«

»Ausprobieren darf man sie sowieso nicht«, erwiderte Tobi. »Man lässt sich nur beraten und danach kauft man die beste.«

Schokolowski schnaufte. »Na schön, bind mich an. Aber lass mich nicht so lange warten!«

»Ich werde mich beeilen«, versprach Tobi.

Im Tiergeschäft hielt er Ausschau nach dem netten jungen Mann. Doch er entdeckte nur eine Frau mit rot gefärbtem Haar, die hinter dem Ladentisch stand und eine aufgeschlagene Zeitung vor sich liegen hatte.

Bei seinem Eintreten musterte die Verkäuferin ihn prüfend.

Tobi trat an die Regale. Sagenhaft, was es für Hunde alles zu kaufen gab: Näpfe in den verschiedensten Größen, dutzende von Kämmen und Bürsten, lange und kurze Leinen, Halsbänder, die hundert Euro und mehr kosteten ... Und dann das Spielzeug: Kaustangen aus Büffelhaut, Kauringe aus Gummi, Quietschtiere, große und kleine Bälle ...

»Kann ich behilflich sein?«, fragte die Verkäuferin. Es klang nicht sehr freundlich.

»Ja! Sie können mir helfen!«, sagte Tobi.

Langsam kam sie auf Tobi zu.

»Willst du überhaupt etwas kaufen?«, fragte sie herausfordernd.

»Wenn Sie das Richtige dahaben …«, antwortete Tobi.

Sie seufzte demonstrativ. »Und was soll's sein?«

Um ihr keine Gelegenheit zu geben, sich über ihn lustig zu machen, sagte er betont allgemein: »Ich suche etwas zur Zahnpflege – bei Hunden.«

Wortlos reichte sie ihm eine kleine weiße Dose.

Tobi las: »Hasso – Zahnpulver für Hunde«, und dann die Beschreibung: »Geben Sie Hasso-Zahnpulver auf ein sauberes Tuch. Massieren Sie damit die Zähne Ihres Hundes, am besten täglich. So entfernen Sie Zahnstein und verhindern zuverlässig die Neubildung.«

Tobi wusste nicht genau, was Zahnstein war. Aber er vermutete, dass Zahnstein nicht durch das Essen von Süßigkeiten entstand. Er gab der Verkäuferin die Dose zurück.

»Und was haben Sie sonst noch zur Zahnpflege?«, fragte er.

»Sonst? Nur noch das Zahnkosmetikum!« Sie gab ihm eine kleine Flasche mit einer Glaspipette.

»Unser beliebtes Zahnkosmetikum schenkt Ihrem Hund strahlend weiße Zähne. Es ist vollkommen unschädlich. Anwendung einmal wöchentlich«, las Tobi.

Wie es angewendet werden sollte, stand nicht dabei. Bestimmt sollte man die Flüssigkeit mit der Pipette auf die Zähne träufeln! Nein, das war auch nicht das, was er für Schokolowski brauchte …

»Und Zahnbürsten?«, wandte sich Tobi an die Verkäuferin. »Haben Sie Zahnbürsten?«

Einen Moment lang war sie sprachlos. Dann sagte sie giftig: »Du hast dich wohl in der Tür geirrt, mein Junge. Dies ist ein *Tier*geschäft!«

Damit kehrte sie zu ihrer Zeitung zurück. Anscheinend hielt sie das Gespräch für beendet.

Aber Tobi hatte noch eine letzte Frage: »Hier bedient doch auch ein junger Mann, oder?«

»Ja, wieso?«, fauchte sie.

»Dann komme ich wieder, wenn er da ist!«, erklärte Tobi und spazierte aus dem Laden.

»Hast du die Zahnbürste?«, fragte Schokolowski.

»Nein!«

»Und jetzt?«

»Gehe ich in die Drogerie!«

»Was? Ich muss noch länger warten?« Schokolowski stöhnte.

»Ich werde dir auch etwas mitbringen!«, versprach Tobi.

»Etwas Süßes?«, fragte Schokolowski gierig.

»Ja!«

In der Drogerie hatte Tobi mehr Glück. Eine sehr nette ältere Frau zeigte ihm zwanzig verschiedene Zahnbürsten. Als Tobi sagte, er brauche die Zahnbürste für seinen Hund, verlor sie kein bisschen die Fassung, sondern schlug vor, das Modell »Bürsti extra stark« zu nehmen. Es hatte einen gebogenen Griff und besonders breite Borsten.

»Damit kommst du gut in sein Maul!«, meinte sie.

Tobi entschied sich für eine Bürste mit einem pinkfarbenen Griff, passend zu Schokolowskis Brille.

»Und Zahnpasta!«, fiel ihm ein. »Haben Sie ›Blitzeblank‹?«

»›Blitzeblank‹? Nein! Die führen wir nicht mehr«, antwortete sie. »Weißt du, den meisten unserer Kunden war sie zu scharf im Geschmack!«

»Scharf?«, sagte Tobi. »Oh, dann wäre sie bestimmt nicht das Richtige für Schokolowski gewesen!«

»Schokolowski? Heißt so dein Hund?«

Tobi nickte.

»Er mag wohl gern Schokolade?«

»Ja«, bestätigte Tobi.

Die Verkäuferin griff hinter sich ins Regal. »Wenn er Schokolade mag, solltest du ihm unbedingt die neue ›Schoki‹-Zahnpasta kaufen!«

»›Schoki‹?«

»Ja. Und sie schmeckt wirklich nach Schokolade! Ich benutze sie selbst.« Die Verkäuferin lachte. »Ich mag nämlich auch gern … Schokolade!«

Tobi bedankte sich für die Beratung und zahlte.

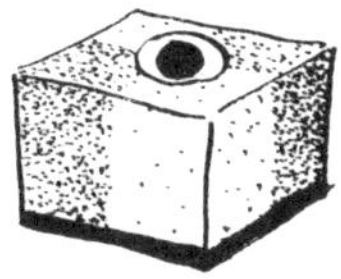

Vampirzähne

Schokolowski blickte ihm erwartungsvoll entgegen. Besonders interessiert musterte er die Tüte, die Tobi trug.

»Und mein süßes Mitbringsel?«, fragte er, als Tobi ihn losband.

»Dein Mitbringsel?« Tobi hustete verlegen.

»Ich wette, du hast es vergessen!«, sagte Schokolowski vorwurfsvoll.

»Ja«, gab Tobi zu. »Aber ich habe eine ganz tolle Zahnpasta für dich!«

Schokolowski horchte auf. »Du hast ›Blitzeblank‹?«

»Nein. Etwas viel, viel Besseres: ›Schoki‹!«

»›Schoki‹? Die muss neu sein …«

»Ja, und sie soll nach Schokolade schmecken!«

»Gib her, die muss ich probieren!«

Tobi schüttelte den Kopf. »Du kriegst ›Schoki‹ erst, wenn wir zu Hause sind!«

»Und wieso?«

»Weil man zum Zähneputzen Wasser braucht – deshalb!«

»Pah! Wer weiß, ob ich zu Hause überhaupt noch Zähneputzen will …«, knurrte Schokolowski.

Aber kaum hatten sie Tobis Wohnung betreten, strebte er dem Badezimmer zu.

»Habt ihr die Zahnbürste bekommen?«, fragte Tobis Mutter.

»Ja!« Tobi zeigte ihr »Bürsti extra stark«.

»Die ist wirklich kräftig!« Sie lachte. »Und du glaubst, Schokolowski öffnet so einfach sein Maul und lässt sich damit die Zähne putzen?«

»Einfach bestimmt nicht«, erwiderte Tobi. »Nur, wenn ich ihm gut zurede.«

»Da bin ich aber gespannt!«, sagte sie.

Tobi räusperte sich. »Ich – ich würde Schokolowski gern allein die Zähne putzen!«

»Allein?«, wiederholte seine Mutter. »Und warum?«

»Weil …« Tobi zögerte. Den wahren Grund – dass er hoffte, Schokolowski würde ihm *sagen*, wie er das Zähneputzen gern hätte – behielt er lieber für sich!

»Weil ich sonst bei Schokolowski zu gar nichts mehr nütze bin«, erklärte er.

Tobis Mutter lächelte. »Na schön, dann gehe ich in die Küche! Aber ruf mich, falls es Probleme gibt!«

»Probleme? Welche Probleme?«, antwortete Tobi – etwas voreilig, wie er gleich darauf merkte.

Schokolowski machte zwar bereitwillig das Maul auf, nachdem Tobi ihm zur Einstimmung einen Trüffel gegeben hatte. Doch als er mit dem Putzen der Vorderzähne anfing, musste Schokolowski lachen.

»Hilfe! Das kitzelt!«, ächzte er.

»Wenn du lachst, kann ich nicht putzen«, erwiderte Tobi. »Du musst den Kopf ganz ruhig halten!«

Schokolowski versuchte es. »Das kitzelt wie tausend Ameisen!«, rief er.

»Mit den Vorderzähnen bin ich ja schon fertig«, machte Tobi ihm Mut. »Fertig« war zwar etwas übertrieben – aber für das allererste Mal musste es reichen, fand Tobi. »Jetzt kommen deine Eckzähne dran!«

»Nein, jetzt ist erst mal ein Trüffel dran!«, widersprach Schokolowski.

Tobi, der keinen Streit wollte, gab ihm noch einen Trüffel.

»Und du könntest ruhig etwas mehr ›Schoki‹ nehmen«, ergänzte Schokolowski. »Ich schmeck sie kaum!«

»Zu viel ist nie gut!«, erwiderte Tobi nachdrücklich – und schloss die Pralinenschachtel.

Er drückte etwas »Schoki« auf die Zahnbürste und näherte sie den zentimeterlangen, weit herausragenden Eckzähnen von Schokolowski.

»Das sind ja richtige Vampirzähne!«, meinte er.

»Nicht wahr?«, sagte Schokolowski voller Stolz. »Die musst du besonders gut putzen. Vielleicht verschaffen sie mir eines Tages eine Rolle in einem Vampirfilm!«

Tobi biss sich auf die Lippen. Das war schon eine ulkige Vorstellung: Schokolowski in einem Vampirfilm!

Obendrein schienen diese Zähne besonders empfindlich zu sein. Schokolowski prustete vor Lachen, als Tobi sie vorsichtig bürstete.

»Ach, ist das lustig!«, stöhnte er. »Putz sie noch einmal, meine Vampirzähne!«

»Jetzt sind deine Backenzähne an der Reihe!«, sagte Tobi energisch.

»Nein, jetzt ist wieder ein Trüffel an der Reihe«, lachte Schokolowski. »Oder willst du, dass ich mein Maul zumache?«

»Natürlich nicht!« Mit einem Seufzer öffnete Tobi seine Pralinenschachtel und gab Schokolowski einen Trüffel. Genüsslich ließ Schokolowski den Trüffel auf der Zunge zergehen.

»Damit die Zähne sauber bleiben!«, bemerkte er und schielte Tobi unter halb geschlossenen Lidern an. Wahrscheinlich erwartete er Beifall.

Doch Tobi sagte nur: »Bist du endlich so weit?«

»Ja! Lass kommen, was will!«, antwortete Schokolowski.

Tobi nahm einen Becher, füllte ihn mit warmem Leitungswasser und hielt ihn Schokolowski hin.

»Da!«

»Was, da?«, knurrte Schokolowski. »Ich melde mich schon, wenn ich Durst habe!«

»Du sollst das Wasser nicht trinken«, erwiderte Tobi. »Du sollst damit spülen!«

»Spielen! Oh, ja!«, sagte Schokolowski und mit der Schnauze stieß er Tobi den Becher aus der Hand. Er landete im Waschbecken.

Glücklicherweise war er aus Plastik!

»Und darauf einen Trüffel!«, verlangte Schokolowski.

»Nein«, sagte Tobi mit fester Stimme.

»Dann putze ich nicht weiter!«, drohte Schokolowski.

»Vor allem *du!*«, entgegnete Tobi. »Wenn hier einer putzt, dann ich!«

»Bist du stur!«, stöhnte Schokolowski. »Na, los, fang an!« Er machte sein Maul weit auf.

Hastig putzte Tobi die hinteren Backenzähne. »Geschafft!«, sagte er erleichtert.

»Und jetzt kriege ich einen Trüffel!«, verlangte Schokolowski.

»Der Sinn des Zähneputzens ist das aber nicht!«, meinte Tobi.

»Der Sinn des Zähneputzens vielleicht nicht …«, antwortete Schokolowski vergnügt. »Aber das Schönste daran!«

Tobi gab ihm einen Trüffel.

»Den letzten!«, betonte er.

»Den letzten?«, wiederholte Schokolowski. »Dein Kasten ist doch bis obenhin voll!«

Und ohne mit der Wimper zu zucken, schnappte er sich noch einen Trüffel. Dann verließ er mit hoch erhobenem Kopf das Badezimmer – und Tobi durfte darangehen, die Spuren des Zähneputzens zu beseitigen!

Stubendrachen

An diesem Abend kam Tobis Vater später als gewöhnlich nach Hause.

»Papa muss heute bis acht im Büro bleiben«, erklärte Tobis Mutter beim Abendessen.

»Was, so lange?«, sagte Tobi empört.

Jule sah von ihrem Früchtequark auf. »Lass ihn doch! Wenn es ihm Spaß macht ...«

»Mit Spaß hat das überhaupt nichts zu tun!«, stellte Tobis Mutter richtig. »Papa hat nun mal eine Arbeit, bei der er nicht schon um vier oder um fünf Uhr Feierabend machen kann, so wie andere Leute.«

»Leider!«, sagte Tobi.

»Leider?« Seine Mutter lachte. »Wenn Papa diese Stellung nicht hätte, würden wir wohl kaum einen Bernhardiner ernähren können ...«

»Wieso wir?«, entgegnete Tobi. »Ich kann Schokolowski ganz allein ernähren!«

»Lieber nicht«, antwortete sie. »Bei dir bekommt Schokolowski nur Kuchen und Schokolade!«

»... und Trüffel!«, ergänzte Schokolowski, der unter dem Küchentisch lag.

Tobis Mutter sah Tobi mit leicht gerunzelten Brauen an. Aber bevor sie Gelegenheit hatte, ihn wegen seiner »Bauchrednerei« zur Rede zu stellen, klingelte es an der Tür.

Schokolowski kam unter dem Tisch hervor und lief bellend in den Flur.

»Wer kann das sein?«, fragte Tobis Mutter überrascht.

»Keine Ahnung«, sagte Jule gleichmütig. »Friedhelm jedenfalls nicht. Er hat Karate.«

»Dann ist es bestimmt Hans-Joachim!«, meinte Tobi. »Mit einem Friedensangebot in Form von dreißig roten Rosen ...«

»Pah!«, zischte Jule.

Schokolowski fuhr fort, grimmig zu bellen.

»Sieh du mal nach!«, sagte Tobis Mutter zu Tobi.

»Wieso ich?«, wehrte er ab.

»Vielleicht ist es Inge Siebenstiefel, die sich für die Einladung bedanken möchte!« Tobis Mutter lächelte.

»Das hat sie bereits getan!«, sagte Tobi zähneknirschend. »Den ganzen Morgen hat sie sich bedankt – damit auch jeder in der Schule mitbekommen sollte, dass sie auf *meiner* Geburtstagsfeier war!«

»Sei froh, dass Inge dir nicht mehr böse ist wegen des Spiels!«, antwortete seine Mutter.

»Wahrscheinlich will sie ein Friedensangebot machen ...« Jule kicherte. »Mit dreißig Rosen für Tobi!«

Tobi war rot geworden. »Ich ruf dich dann, wenn es Hans-Joachim ist«, sagte er und verließ die Küche.

Doch es war weder Hans-Joachim noch Inge Siebenstiefel. Vor der Tür stand Herr Stubendrachen, der Hausverwalter. Und Tobi sah sich auch keinem Friedensangebot in Form von dreißig roten Rosen gegenüber, sondern einem kräftigen Knüppel.

Mit diesem Knüppel zeigte Herr Stubendrachen auf Schokolowski, der noch immer bellte, und sagte: »Das ist der also – der bissige Bernhardiner!«

»Bissig? Nein, überhaupt nicht!«, versicherte Tobi. »Schokolowski ist ganz lieb!«

»Lieb?« Herr Stubendrachen musterte Schokolowski, als wäre er ein gefährliches Raubtier. »Das kannst du deiner Großmutter erzählen! Vielleicht glaubt die noch an Märchen!«

Schokolowski begann zu knurren. Es war ein tiefes, kehliges Knurren, das äußerst bedrohlich klang. Herr Stubendrachen wich zurück und fasste seinen Knüppel fester.

»Mama!«, rief Tobi. »Mama, schnell!«

Jetzt näherten sich Schritte und dann sagte Tobis Mutter: »Sie, Herr Stubendrachen? Ja, aber ...«

»Nehmen Sie sofort den Hund weg!«, herrschte er sie an. »Merken Sie denn nicht, dass er mich angreifen will?«

»Schokolowski! Aus!«, kommandierte Tobis Mutter. Schokolowski hörte auf zu knurren.

Er setzte sich hin, behielt aber Herrn Stubendrachen im Auge.

»Sehen Sie?«, rief Tobi. »Er ist ganz lieb!«

»Ja, er ist wirklich lieb!«, sprang Jule, die ebenfalls im Flur erschienen war, Tobi bei.

»Lieb, lieb!«, sagte Herr Stubendrachen finster. »Da sind eure Nachbarn aber anderer Meinung!«

»Unsere Nachbarn?« Tobis Mutter erschrak. »Hat sich etwa jemand beschwert?«

»Allerdings!«, bestätigte Herr Stubendrachen.

»Wollen Sie nicht hereinkommen?«, bat Tobis Mutter, sichtlich verlegen.

»Nicht, solange der Hund in Ihrer Wohnung ist!«, erwiderte Herr Stubendrachen.

»Mein Sohn kann Schokolowski auch in sein Zimmer bringen!«, bot Tobis Mutter an.

»Und wer garantiert mir, dass der Hund nicht die Türen aufdrückt und in der Wohnung über mich herfällt?«

»Ich!«, sagte Tobis Mutter. »Ich garantiere Ihnen das!«

Herr Stubendrachen verzog die Mundwinkel. »Nein, vielen Dank«, antwortete er kühl. »Ich werde die Sache dem Hausbesitzer melden. Vorher wollte ich mich nur mit eigenen Augen überzeugen, dass Sie in Ihrer Wohnung tatsächlich einen bissigen Bernhardiner halten – und das ohne Genehmigung!«

»Aber wir hätten die Genehmigung doch noch beantragt!«, entgegnete Tobis Mutter. »Morgen …«

Herr Stubendrachen schnitt ihr das Wort ab. »Morgen wird es zu spät sein!«, verkündete er.

Dann drehte er sich um und ohne ein weiteres Wort polterte er die Treppe hinunter.

Um Kopf und Kragen

Tobis Mutter schloss die Tür. »Und nun?«, sagte sie und blickte Rat suchend zwischen Tobi und Jule hin und her.

»So eine Gemeinheit!« Tobi ballte die Fäuste. »Bestimmt hat Inge Siebenstiefel bei ihm angerufen!«

»Das wäre ja ganz schön hinterhältig!«, bemerkte Jule.

»Erst zu Tobis Geburtstagsfeier kommen und dann Herrn Stubendrachen benachrichtigen …«

»Das passt zu ihr!«, sagte Tobi. »Sie verrät immer andere!«

»Immer?«, wiederholte seine Mutter. »Ihr beide solltet etwas vorsichtiger in eurem Urteil sein! Es ist keineswegs bewiesen, dass Inge ihm Bescheid gesagt hat! Und außerdem haben wir im Moment andere Sorgen!«, fügte sie hinzu. »Oder wollt ihr, dass uns Schokolowski morgen verlassen muss?«

»Nein!«, schrie Tobi auf.

»Nein, natürlich nicht!«, sagte Jule. »Und wegen so eines Ekels schon gar nicht!«

»Du solltest endlich aufhören, Inge zu verdächtigen!« erwiderte Tobis Mutter leicht gereizt.

Jule hatte rote Wangen bekommen. »Ich meinte doch gar nicht Inge – ich meinte diesen Stubendrachen! Er hat auch keine Genehmigung dafür, dass er vor unserer Tür seinen Knüppel schwingen darf.«

»Ja, Stubendrachen hat selbst Schuld, dass Schokolowski ihn angreifen wollte!«, pflichtete Tobi ihr bei.

Schokolowski, der gespannt jedes Wort verfolgte, nickte.

»Sicherlich ist er auch nicht ganz unschuldig daran, dass Schokolowski so böse gebellt hat«, sagte Tobis Mutter. »Aber das ändert leider nichts daran, dass *wir* ohne Genehmigung des Hausbesitzers einen Hund in unserer Wohnung halten! – Und deshalb sollten wir überlegen, was wir bis morgen noch tun können!«, ergänzte sie nach einer Pause.

Tobi sah Schokolowski an. Auf einmal hatte er einen Kloß im Hals. »Am besten gehen wir zum Zirkus. Schokolowski und ich!«, sagte er düster.

»Zum Zirkus?« Tobis Mutter machte ein erschrockenes Gesicht. Aber gleich darauf lachte sie. »Nein! Wenn schon, dann gehen wir alle gemeinsam. Oder wir gründen einen Familienzirkus!«

»Mama!« Tobi fiel seiner Mutter um den Hals.

Sie drückte ihn an sich.

»Aber so weit lassen wir es gar nicht kommen!«, erklärte sie zuversichtlich. »Zur Not müssen wir uns eben eine neue Wohnung suchen. Und jetzt werde ich den Hausbesitzer anrufen und ihm die Sache mit Schokolowski aus unserer Sicht schildern! Vielleicht mag *er* Hunde ...«

»Genau!«, sagte Jule und stupste Tobi aufmunternd. »Hast du vergessen: Man muss immer positiv denken!«

Trotzdem schlug Tobi das Herz bis zum Hals, als seine Mutter zum Telefon ging und die Nummer des Hausbesitzers wählte. Auch sie war aufgeregt – das erkannte Tobi an den roten Flecken in ihrem Gesicht. Und selbst Jule spielte nervös mit ihrem Zopf.

Schokolowski hatte sich vor die Terrassentür gelegt und schien zu schlafen.

»Schokolowski ist zu beneiden«, sagte Tobis Mutter, während sie darauf wartete, dass am anderen Ende der Leitung jemand den Hörer abnahm.

»Zu beneiden?«, wiederholte Tobi entrüstet.

»Ja! Sieh doch nur: Er schläft ganz friedlich! Für uns geht es möglicherweise um Kopf und Kragen – und er versteht von alledem nichts!«

»Das denkst du!«, sagte Tobi und Jule bemerkte: »Schokolowski versteht mehr, als du glaubst!«

»Herr Windheim?« Offenbar war der Hausbesitzer ans Telefon gegangen. »Entschuldigen Sie bitte die späte Störung!« Tobis Mutter räusperte sich. »Hat sich Herr Stubendrachen schon bei Ihnen gemeldet? Nein?« Sie atmete auf. »Ja, also, es ist so …«

Und dann begann sie zu erzählen: dass ihr Sohn sich schon seit Jahren einen Hund gewünscht habe, dass dieser Wunsch immer stärker geworden sei und dass sie und ihr Mann sich bereits Sorgen gemacht hätten, ob er einen seelischen Schaden davontragen könnte, wenn sein sehnlichster Wunsch nicht in Erfüllung ginge …

Tobi traute seinen Ohren nicht. Und das sagte *seine* Mutter, von der er angenommen hatte, sie hätte nicht das geringste Verständnis für seinen Wunsch nach einem Hund!

Anschließend berichtete sie von dem nächtlichen Einbruch. Sie malte alles in den schwärzesten Farben aus und sagte, ihr Mann sei jede zweite Woche auf Geschäftsreise; das war natürlich übertrieben!

Aber immerhin galt es, Herrn Windheim zu überzeugen, dass sie in ihrer Wohnung im Erdgeschoss unbedingt einen Wachhund brauchten!

Mit den Worten »Vielen Dank, Herr Windheim! Ja, wir beantragen die Genehmigung noch einmal schriftlich!« legte Tobis Mutter den Hörer auf.

»Schriftlich?«, sagte Tobi. »Erlaubt er es etwa nicht, dass wir Schokolowski behalten?«

»Doch! Die schriftliche Genehmigung ist nur noch eine Formsache. Herr Windheim ist wirklich nett!«

»Aber warum hast du ihm nicht erzählt, dass wir einen *Bernhardiner* haben?«, wollte Jule wissen.

»Habe ich das nicht gesagt?«, fragte Tobis Mutter überrascht.

»Nein, du hast immer nur von unserem ›Hund‹ gesprochen«, erklärte Jule. »Herr Windheim denkt jetzt garantiert, wir hätten uns einen Zwergpudel angeschafft wie die Siebenstiefels!«

»Ja, stimmt«, gab Tobis Mutter ihr Recht. »Ob ich noch einmal bei ihm anrufen sollte?«

»Lieber nicht«, antwortete Schokolowski.

»Nicht?« In der Annahme, das hätte Tobi gesagt, musterte sie ihn fragend.

»Ja, weil ...« Tobi suchte nach Worten. »Das würde irgendwie verdächtig wirken, finde ich!«

»Verdächtig?« Sie lachte. »Na schön, dann schreibe ich morgen früh einen Brief, in dem ich Herrn Windheim um die Genehmigung bitte, dass wir in unserer Wohnung einen Hund halten dürfen – einen Bernhardiner!«

»Und danach heißt es Daumen drücken!«, bemerkte Jule.

»Daumen und – Pfoten!«, ergänzte Tobi.

Eine Persönlichkeit für sich

»Glaubst du, der Hausbesitzer macht Schwierigkeiten?«, fragte Schokolowski später im Flur, als Tobi ihm gute Nacht sagen wolltc.

»Herr Windheim? Nein!«, antwortete Tobi – in dem Bemühen, positiv zu denken. »Hund ist schließlich Hund!«

»Was?«, schnaubte Schokolowski. »Hund soll Hund sein? Jeder von uns ist eine Persönlichkeit für sich – einmalig und einzigartig auf der Welt!«

»Ja, sicher«, sagte Tobi hastig. »Ich meinte es so: Für einen *Hausbesitzer* ist ein Hund wie der andere. Entweder erlaubt er es, dass man einen Hund hat – oder nicht.«

»Das denkst *du!*«, erwiderte Schokolowski. »Für mich wäre es das erste Mal, dass man mich als Bernhardiner nicht benachteiligen würde!«

»Benachteiligen?«, wiederholte Tobi betroffen.

»Oh, ja!«, bestätigte Schokolowski. »Weißt du, welches Wort ich am meisten hasse?«

»Nein ...«

»Das Wort ›zu viel‹! Ständig haben sie gejammert, ich würde ›zu viel‹ fressen, ›zu viel‹ trinken, ›zu viel‹ bellen, ›zu viel‹ Platz brauchen ...«

»Sie? Du meinst, Knüll und Pinschermann?«

»Nein! Die Froschmänner!«

»Froschmänner?«, sagte Tobi irritiert. »Du warst bei Tauchern?«

Schokolowski schüttelte den Kopf. »Das ist die Familie, bei der ich ganz, ganz früher gewohnt habe!«

»Die Familie hieß Froschmänner?«

Vor Aufregung, endlich mehr über Schokolowskis Vergangenheit zu erfahren, klopfte Tobis Herz jetzt ganz schnell.

»Nein, Froschmann!«, erklärte Schokolowski.

»Und die haben sich beschwert, dass du zu viel frisst und bellst?«, fragte Tobi.

»Ja!«, bestätigte Schokolowski. »Und dann haben sie mich zu dem Tierhändler gebracht!«

»Zum Tierhändler?«

»Ja, und der hat mich an die Hundeklinik verkauft!«

Schokolowski knurrte – wahrscheinlich in Erinnerung an seine schreckliche Zeit dort.

Tobi drückte seinen Kopf in Schokolowskis Fell. »*Mir* wirst du nicht zu viel!«, sagte er.

»Na, na«, meinte Schokolowski. »Keine Rührseligkeiten!«

Tobi richtete sich wieder auf. »Aber Trüffel – die werden dir nie zu viel, stimmt's?«

»Eine vorzügliche Idee!«, lobte Schokolowski. »Trüffel wären jetzt genau das Richtige!«

»Du hast immer noch Hunger?«, staunte Tobi.

Es war keine Viertelstunde her, seit Schokolowski einen Napf mit Getreideflocken, Schokobrocken und Schokidrops leer gefressen hatte!

»Hunger nicht«, antwortete Schokolowski. »Aber Appetit! Gehen wir!«

»Gehen? Wohin?«, fragte Tobi.

»In dein Zimmer – zu dem schönen, großen Pralinenkasten!«

»Und was ist mit deinen Zähnen?«, entgegnete Tobi.

»Mit meinen Zähnen?«

»Ja, man soll vor dem Schlafengehen nichts Süßes essen!«

»Wer sagt das?«, wollte Schokolowski wissen.

»Die Zahnärzte«, antwortete Tobi.

Schokolowski blickte nach links und rechts. »Kein Zahnarzt zu sehen«, verkündete er. »Also dürfen wir!«

»Ich nicht«, erklärte Tobi. »Nach dem Zähneputzen esse *ich* niemals Süßigkeiten.«

»Oh, Zähneputzen!«, fiel Schokolowski ein. »Dazu hätte ich auch noch Lust …«

»Nein!«, ächzte Tobi. »Bitte nicht!«

»Tobi?«, rief da seine Mutter aus dem Wohnzimmer. »Was machst du für einen Lärm? Du solltest längst im Bett sein!«

»Ich hab Schokolowski gute Nacht gesagt«, antwortete er.

»Lass ihn aber nicht in dein Zimmer«, ermahnte sie ihn. »Schokolowski soll im Flur schlafen!«

»Aber ja doch!«, antwortete Schokolowski. Und zu Tobi gewandt, meinte er: »Ich hol mir nur schnell die Trüffel, dann geh ich wieder.«

»*Die* Trüffel?«, sagte Tobi. »*Den* Trüffel!«

Aber natürlich war Schokolowski nicht mit einem Trüffel zufrieden.

»He, was ist?«, fragte er, nachdem Tobi ihm zuerst einen und dann einen zweiten Trüffel gegeben hatte. »Willst du die Trüffel deinen Enkelkindern vererben?«

»Nein! Ich will sie nur aufheben – für morgen!«

»Für morgen?«, sagte Schokolowski entrüstet. »Kennst du nicht den alten Vagabundenspruch:

Mach dir nicht das Leben schwer,
friss den Kasten heute leer!«

»Nein, den Spruch kenne ich nicht!« Tobi lachte. »Außerdem bist du doch gar kein Vagabund mehr, oder?«

»Nein«, gab Schokolowski zu. »Trotzdem sollte man die Trüffel nicht schlecht werden lassen!«

»Bis morgen werden sie sich schon noch halten«, meinte Tobi und schloss den Deckel.

»Wer weiß, ob ich morgen überhaupt Appetit auf Trüffel habe!«, brummte Schokolowski und trottete aus dem Zimmer.

»Wer das weiß?« Tobi legte den Pralinenkasten in seinen Nachtschrank zurück. »Ich!«

Morgenstund hat Trüffel im Mund

Und wirklich wurde Tobi am nächsten Morgen durch ein Kratzen an der Tür und die geflüsterte Frage »Jetzt ist doch morgen, oder?« geweckt.

Tobi sah auf den Wecker und seufzte. Eine volle Stunde hätte er noch schlafen können …

»Mach endlich auf!«, hörte er Schokolowskis Stimme. »Mein Magen knurrt wie ein ganzes Rudel Wölfe!«

Tobi öffnete die Tür. Schokolowski kam, freudig wedelnd, ins Zimmer.

»Morgenstund hat Trüffel im Mund!«, bemerkte er und schielte auf Tobis Nachtschrank.

Tobi holte den Pralinenkasten heraus und stellte ihn vor Schokolowski auf den Boden.

»Hier!«, sagte er. »Die letzten vier!«

»Nur vier?« Schokolowski legte die Stirn in Falten. »Wenn mich nicht alles täuscht, waren es gestern Abend noch fünf ... «

»Dich täuscht alles!«, antwortete Tobi und lachte.

»Na schön.« Schokolowski schnappte sich den ersten Trüffel. »Vier sind besser als gar nichts!«

Tobi sah ihm zu und dachte an den ehrgeizigen Plan seiner Mutter, Schokolowskis Trüffelsucht nach und nach »auszuschleichen«. Bisher klappte bei Schokolowski nur das »Anschleichen«!

»Und die Marzipankugeln von Inge Siebenstiefel?«, fragte Schokolowski, nachdem die vier Trüffel in seinem Maul verschwunden waren.

»Die gibt es heute Nachmittag«, erklärte Tobi. »Wenn ich aus der Schule zurück bin!«

»Dann erst?«

»Ja. Sonst freust du dich überhaupt nicht mehr auf mich!«

»Wie kommst du denn darauf?«, sagte Schokolowski entrüstet. »Denkst du vielleicht, bei mir ginge die Liebe nur durch den Magen?«

»Na ja …«, sagte Tobi.

»Ja oder nein?«, fragte Schokolowski und blickte ihn durchdringend an.

Tobi war rot geworden. »Nein.«

»Also kannst du mir auch noch zwei Marzipankugeln gönnen«, meinte Schokolowski. »Für einen guten Start in den Tag!«

Tobi gab Schokolowski die Marzipankugeln. So aufregend es sein mochte, wenn ein Hund sprechen konnte – es hatte auch seine Nachteile! Vor allem, wenn der Hund dermaßen redegewandt wie Schokolowski war …

»Welches war eigentlich deine Lieblingssendung im Fernsehen?«, fragte er.

»Meine Lieblingssendung?«, wiederholte Schokolowski und kratzte sich hinter dem Ohr.

»Ich vermute: ›Das Wort zum Sonntag‹!«

»›Das Wort zum Sonntag‹?« Schokolowski sah ihn aus großen Augen an. »Warum ausgerechnet das?«

»Weil du so gut reden kannst!«

»Vielen Dank!«, sagte Schokolowski geschmeichelt. »Aber meine Lieblingssendung war eine ganz, ganz andere …«

»Das Kochstudio, wie?«

»Oh, nein!«, erwiderte Schokolowski. »Im Käfig sitzen und auf all die Leckereien starren – das ist ja der Gipfel der Tierquälerei! Am liebsten habe ich mir den Schnee angesehen ...«

»Den Schnee? Weil er dich an die Berge erinnert hat?«

»An welche Berge?«, fragte Schokolowski.

»Ihr Bernhardiner kommt doch aus den Bergen!«, sagte Tobi. »Und ihr rettet Menschen, die im Schneetreiben vom Weg abgekommen sind!«

Schokolowski nickte bedächtig. »Ja, wir Bernhardiner haben schon vielen Menschen das Leben gerettet. Aber ich meinte keinen richtigen Schnee. Ich meinte den Schnee auf dem Bildschirm – wenn endlich Programmschluss war!«

»Du magst das Fernsehen nicht besonders, oder?«, fragte Tobi.

»Doch. Aber nur, wenn ich mir die Sendungen aussuchen darf«, antwortete Schokolowski. »Und Tiersendungen sehe ich immer gern«, fügte er hinzu.

»Ich auch«, sagte Tobi. »Am allerliebsten sehe ich Filme mit Bernhardinern!«

»Bei uns beiden geht die Liebe tatsächlich nicht nur durch den Magen!«, bemerkte Schokolowski ganz sanft. »Und deshalb darfst du mir ruhig auf dem Schulweg noch ein paar Trüffel kaufen!«

Tobi musste lachen. »Ich glaube, du bist ein hoffnungsloser Fall!«

»Wer? Ich?«, tat Schokolowski überrascht.

»Ja! Du bist hoffnungslos trüffelsüchtig!«

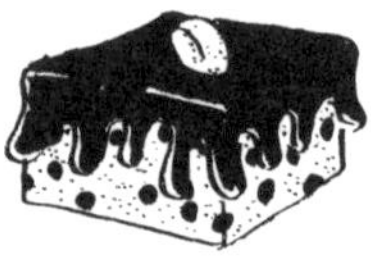

Gute Nachrichten

Doch als Tobi von der Schule zurückkehrte, verkündete seine Mutter voller Stolz, Schokolowski habe zwei große Wurstbrote gefressen.

»Mit Trüffelpastete?«, fragte Tobi.

»Nein, mit ganz gewöhnlicher Landleberwurst«, antwortete sie.

»Und die Wurst hat mir richtig gut geschmeckt!«, erklärte Schokolowski in Tobis Zimmer.

»Wahrscheinlich, weil sie von meiner Mama kam!«, sagte Tobi.

»Bist du etwa eifersüchtig?«, fragte Schokolowski.

»Ja!«, knurrte Tobi.

»Auf Inge Siebenstiefel warst du auch eifersüchtig, stimmt's?«

»Eifersüchtig? Nein! Es war mir nur peinlich!«

»Peinlich?«

»Allerdings! Auf meiner Geburtstagsparty warst du der Einzige, der Inge Siebenstiefel sympathisch fand! Und das nur, weil sie so gierig über den Kuchen hergefallen ist!«

»Aber heute habe ich sie völlig übersehen«, versicherte Schokolowski. »Und um ihre Putzi habe ich mich auch nicht gekümmert – obwohl sie verdammt gut nach Hündin gerochen hat!«

»Du hast Inge Siebenstiefel getroffen?«

»Ja, vorhin, beim Gassigehen. Da ist uns Inge Siebenstiefel mit Putzi entgegengekommen. Schon von weitem hat sie deiner Mama zugerufen: ›Haben Sie ihn noch nicht weggebracht?‹«

»Haben Sie *ihn* noch nicht weggebracht?«, wiederholte Tobi. »Meinte sie damit etwa dich?«

»Das hat deine Mama auch gefragt: ›Wen soll ich weggebracht haben?‹ Da hat Inge Siebenstiefel auf mich gezeigt und gerufen: ›Den bissigen Bernhardiner natürlich!‹ Und dann hat sie gesagt, ihre Mutti hätte sich bei Herrn Stubendrachen beschwert und Herr Stubendrachen hätte versprochen, dass der bissige Bernhardiner wegkommt!«

»Wusste ich's doch, dass es die Siebenstiefels waren!«, sagte Tobi grimmig. »Und was hat meine Mama geantwortet?«, fragte er dann.

»Oh, deine Mama war toll!«, sagte Schokolowski schwärmerisch. »Sie hat geantwortet, vor kleinen und großen Stubendrachen hätte *sie* keine Angst. Und Inge Siebenstiefel sollte lieber aufhören zu behaupten, ich wäre bissig. Das sei nämlich Verleumdung und so etwas würde bestraft!«

»Das hat meine Mama gesagt?«, freute sich Tobi.

Schokolowski nickte. »Und dass sie an den Hausbesitzer geschrieben hätte, hat deine Mama auch noch gesagt.«

»Da war Inge Siebenstiefel bestimmt sprachlos!«

»Ja. Sie ist puterrot geworden!«

»Hat meine Mama den Brief abgeschickt?«

»Oh, ja. Wir sind sogar extra zur Post gegangen. Deine Mama wollte, dass der Brief auf gar keinen Fall verloren geht!«

»Dann kann ja nichts mehr schief gehen«, sagte Tobi – betont positiv.

Und dennoch … so ganz konnte Tobi die Ängste und Sorgen, die ihn bedrückten, nicht vertreiben. Und deshalb fragte er am nächsten Mittag als Erstes, ob Herr Windheim sich schon gemeldet hätte.

»Nein«, antwortete seine Mutter. »Aber wahrscheinlich haben wir morgen Post von ihm. Du solltest noch ein bisschen Geduld haben!«

»Geduld …«, stöhnte Tobi.

Am darauf folgenden Mittag dann lag ein grauer Briefumschlag auf dem Küchentisch.

»Von Herrn Windheim?«, fragte Tobi und plötzlich klang seine Stimme ganz heiser.

Zu Tobis großer Erleichterung lächelte seine Mutter – und das konnte nur eins bedeuten: Der Brief musste gute Nachrichten enthalten!

Und wirklich: Herr Windheim schrieb, dass Tobis Familie die Genehmigung hätte, einen Bernhardiner in ihrer Wohnung zu halten. Mit dem Satz »Diese Genehmigung ist nicht übertragbar« endete der Brief.

»Was bedeutet ›nicht übertragbar‹?«, fragte Tobi.

»Nun – wenn Schokolowski einmal nicht mehr bei uns sein sollte …«, begann Tobis Mutter.

»Wie meinst du das?«, fragte Tobi erschrocken.

Sie räusperte sich. »Wenn er – nun, im Hundehimmel ist … Dann dürfen wir uns nicht so ohne weiteres einen neuen Bernhardiner kaufen!«

Besorgt schaute sie Tobi an. Wahrscheinlich fürchtete sie, er würde gleich anfangen zu weinen!

Doch Tobi war kein bisschen traurig, im Gegenteil: »Ach so«, sagte er. »Ja, dann ist es überhaupt nicht schlimm!«

»Nicht schlimm? Heißt das, du möchtest nie wieder einen Bernhardiner haben?«

»Nein! Das heißt: Wir werden Schokolowski noch ganz, ganz lange bei uns haben – vielleicht jahrzehntelang!«

Sie strich ihm übers Haar. »Dann wäre Schokolowski aber der erste Hund, der so alt würde!«

»Einer ist immer der Erste«, antwortete Tobi.

»Und jetzt feiern wir ein Trüffelfest!«, verkündete Schokolowski, der unter dem Küchentisch lag.

»Ein Trüffelfest?«, sagte Tobis Mutter überrascht.

»Ja! Wir müssen schließlich feiern, dass wir die Genehmigung haben!«, erklärte Tobi extra laut.

»Und unser Mittagessen?«, entgegnete sie.

»Wir wollen doch nicht sofort feiern! Erst heute Abend, wenn Papa wieder da ist!«

Tobis Mutter überlegte. »Heute Abend? Morgen wäre günstiger, weil Papa dann früher nach Hause kommt!«

»Morgen erst?«, knurrte Schokolowski.

»Tobi!«, sagte seine Mutter. »Sprich bitte nicht immer mit dieser verstellten Stimme. Mir schwirrt richtig der Kopf!«

»Morgen feiern wir das Trüffelfest – aber heute machen wir die Trüffel!«, erklärte Tobi, zu Schokolowski gewandt.

»Wir? Ich möchte wirklich nicht den ganzen Tag am Herd stehen!«, entgegnete Tobis Mutter.

»Das brauchst du auch nicht«, antwortete Tobi. »Jule hilft mir bestimmt beim Trüffelmachen!«

»Und ich natürlich!«, sagte Schokolowski.

Tobis Mutter blickte in seine Richtung, sagte jedoch nichts.

Kleine Brüder lässt man nicht im Stich

Nach dem Mittagessen fuhr Tobi mit seinem Fahrrad zum Einkaufen. Schokolowski war zu Hause geblieben. Er hatte zwei Brote mit Landleberwurst gefressen und zum Nachtisch eine Hand voll Schokodrops. Und mit einem derart vollen Magen könne er keinen Schritt laufen, hatte er erklärt.

Doch als Tobi mit den Zutaten für die Trüffelherstellung zurückkehrte, empfing Schokolowski ihn bereits freudig wedelnd hinter der Wohnungstür. Aufgeregt steckte er seinen großen Kopf in Tobis Einkaufskorb.

»Hm!«, schwärmte er. »Schokolade …«

»Die brauchen wir für die Trüffel!«, stellte Tobi klar.

»Etwa die ganze Tafel?«

»Ja! Wir brauchen genau hundert Gramm.«

»Hättest du nicht eine größere Tafel nehmen können?«

»Die Zutaten waren schon teuer genug!« Tobi horchte. In der Wohnung war es ungewöhnlich still.

»Ist meine Mama im Wohnzimmer?«, fragte er.

»Nein, im Schlafzimmer«, antwortete Schokolowski. »Sie hat sich hingelegt.«

»Hingelegt? Um diese Zeit?«

»Ja. Sie hat Kopfschmerzen.«

Tobi ging in die Küche und stellte seine Einkäufe auf den Tisch. Schokolowskis Blick ruhte wie gebannt auf der Tafel Orangenschokolade.

»Eigentlich tut sie mir Leid!«, sagte er.

»Meine Mama?«, fragte Tobi.

»Nein, die Schokolade! Sie muss sich jetzt unters gemeine Volk mischen …«

»Unters gemeine Volk?«

»Ja! Gleich wird sie mit Zucker und Butter vermischt. Das hat sie nicht verdient!«

»Woran *du* denkst, das hat sie erst recht nicht verdient«, bemerkte Tobi.

»Und wieso nicht?«, tat Schokolowski empört.

»Weil es für die Schokolade eine viel größere Ehre ist, zu Trüffeln verarbeitet zu werden, als in deinem Maul zu verschwinden!«

Schokolowski lächelte. »In meinem Maul verschwindet sie sowieso«, sagte er. »Fängst du jetzt an?«

»Erst will ich Jule holen«, antwortete Tobi.

»Jule? Den Weg kannst du dir sparen!«

»Und warum?«, wollte Tobi wissen.

»Weil Jule sich mit Eberhard verabredet hat!«

»Mit wem?«

»Mit Eberhard. Er hat vorhin angerufen und sie eingeladen – in die Eisdiele!«

»Ich werde Jule trotzdem fragen«, kündigte Tobi an. »Sie muss uns einfach helfen!«

Jule stand in ihrem Zimmer vor dem Spiegel.

»Welche Jeans würdest du an meiner Stelle nehmen?«, fragte sie, als Tobi ins Zimmer kam. »Die dunkle oder die helle?«

»Ich finde sie beide gut«, sagte Tobi.

»Ja, aber welche findest du *besser?*«

»Die hellblaue.«

»Aber darin sehe ich dick aus!«

»Dick?«

»Ja!«

»Dann nimm die dunkelblaue!«

»Die ist in den Beinen zu weit!«

»Wenn das so ist, würde ich zu Hause bleiben!«, sagte Tobi. »Hier wirst du nämlich dringend gebraucht«, fügte er hinzu.

»So? Und wofür?«

»Schokolowski und ich wollen Trüffel machen und brauchen unbedingt deine Hilfe!«

»Das könnt ihr auch ohne mich«, erklärte Jule. »Trüffelmachen ist ganz einfach!«

»Einfach?«, rief Tobi.

»Ja! Du nimmst das Kochbuch und guckst im Inhaltsverzeichnis unter ›Schokoladentrüffel‹ nach. Dann hältst du dich genau an das Rezept – und schon hast du deine Trüffel!«

»Das sagst du nur, weil du mit Eberhard verabredet bist!«

»Woher weißt du das schon wieder?«, fragte Jule.

»Von Schokolowski«, antwortete Tobi. »Ihm entgeht nichts!«

Jule kicherte. »Es ist doch nicht verboten, sich mit Eberhard zu treffen, oder?«

»Keine Ahnung, schließlich kenne ich Eberhard nicht. Aber eins ist mit Sicherheit verboten ...«

»Und das wäre?«

»Kleine Brüder im Stich zu lassen!«

»Tobi!«, sagte sie mit einem Lächeln. »Trüffelmachen geht wirklich ganz leicht. Das würde sogar Schokolowski schaffen!«

»Wer's glaubt«, sagte Tobi und schicksalsergeben verließ er Jules Zimmer.

»S« wie Schokoladentrüffel

Im Flur durchzuckte ihn plötzlich der Gedanke, dass Schokolowski in der Zwischenzeit die Schokolade und den Puderzucker gefressen haben könnte … Aber nein: Schokolowski saß vor dem Tisch und bewachte die Zutaten.

»Du hast wohl geglaubt, ich würde stehlen!«, bemerkte er, als er Tobis erleichtertes Gesicht sah.

»Na ja …«, meinte Tobi. »So gierig, wie du auf Schokolade bist …«

»Du hast offenbar vergessen, dass ich ein Bernhardiner bin – und kein Rabe!«, erklärte Schokolowski würdevoll.

Tobi musste lachen. »Hoffentlich bist du auch ein Bernhardiner, der etwas vom Trüffelmachen versteht!«

»Bisher habe ich mehr vom Trüffelessen verstanden«, antwortete Schokolowski und leckte sich das Maul. »Ich hatte also Recht, Jule will uns nicht helfen?«, fragte er dann.

Tobi nickte. »Sie behauptet, Trüffelmachen wäre ganz leicht. Das würdest sogar du schaffen, hat sie gesagt.«

»Ich?«, freute sich Schokolowski. »Und wie?«

»Man muss sich nur an das Rezept halten, hat sie gesagt.«

Tobi holte das Kochbuch aus dem Regal und suchte unter »S«, bis er »Schokoladentrüffel« gefunden hatte. Er schlug die angegebene Seite auf und begann das Rezept vorzulesen:

»›Schmelzen Sie *100 Gramm Orangenschokolade* im Wasserbad. Rühren Sie *100 Gramm Butter* und *150 Gramm Puderzucker* miteinander schaumig. Geben Sie *3 Eigelb* hinein. Rühren Sie die geschmolzene Schokolade abgekühlt nach und nach darunter. Stellen Sie die Masse in den Kühlschrank. Formen Sie kleine Kugeln, die in *Schokoladenstreuseln* gewendet werden. Bewahren Sie die Trüffel in verschlossenen Gläsern möglichst im Kühlschrank auf.‹«

»*Möglichst* im Kühlschrank …«, wiederholte Schokolowski und lachte heiser. »Die essen Trüffel am liebsten auch gleich auf, genau wie ich!«

»Nein, es ist wegen der Haltbarkeit«, erwiderte Tobi. »Hier steht noch: ›Die Haltbarkeit der Trüffel beträgt etwa eine Woche.‹«

»Na bitte, hab ich's doch gewusst! Je früher man die Trüffel frisst – äh, isst –, desto besser!«

»Hast du denn alles verstanden – ich meine, mit dem Rezept?«, fragte Tobi.

»Im Großen und Ganzen schon.«

»Mir ist es wie Chinesisch vorgekommen«, gab Tobi zu. »Zum Beispiel das mit dem Wasserbad ... ›Schmelzen Sie die 100 Gramm Orangenschokolade im Wasserbad ...‹ «

»Das klingt nach Badewanne«, sagte Schokolowski mit fachkundiger Miene. »Ich schätze, man legt die Schokolade in die Wanne und lässt heißes Wasser einlaufen!«

»Oh, nein! Das tut man ganz bestimmt *nicht!*«, erwiderte da Jule. Mit einem fröhlichen Lachen kam sie in die Küche spaziert. Sie trug die dunkelblauen Jeans und hatte ihr Haar zu vielen kleinen Zöpfen geflochten. »Zuerst zerkleinert man die Schokolade und legt sie in eine Rührschüssel. Dann stellt man die Schüssel in einen Topf, der halb mit Wasser gefüllt ist. Das Wasser erhitzt man, bis es kocht. Ja, und durch das kochende Wasser schmilzt die Schokolade. Das nennt man Wasserbad!«

»Siehst du jetzt, dass wir deine Hilfe brauchen?«, sagte Tobi. »Du musst hier bleiben!«

Jule schüttelte den Kopf. »Nein. Ich komme sowieso schon zu spät. Viel Spaß!« Damit ging sie.

»Spaß ...«, brummte Tobi.

»Wir sollten endlich anfangen«, drängte Schokolowski. »Sonst werden die Trüffel schlecht, bevor sie fertig sind!« Mit seinen Zähnen versuchte er den Schrank zu öffnen, in dem die Töpfe standen.

»Warte«, sagte Tobi hastig. »Ich mach das schon!« Er holte einen mittelgroßen Topf heraus und stellte ihn auf die Herdplatte.

»He! Ich will aber nicht nur zugucken!«, beschwerte sich Schokolowski.

»Gleich kannst du mitmachen!«, versprach Tobi.

»Beim Schokoladenzerkleinern?«, fragte Schokolowski und gierig schielte er auf die Schokolade.

»Wie würdest du sie denn – zerkleinern?«

»Oh, ich nehme sie ins Maul und beiße sie ganz, ganz klein!«

»Und dann dürfen wir die Schokoladentrüffel *ohne* Schokolade machen, wie?«

Schokolowski setzte ein Unschuldslächeln auf. »Wie soll man sie denn sonst klein kriegen?«

»Indem man sie mit den Händen zu kleinen Stücken zerbricht!«, antwortete Tobi.

»Mit den Händen?«, wiederholte Schokolowski gekränkt. »Und das sagst du zu jemandem, der *vier* Pfoten hat?«

»Entschuldige!« Tobi war rot geworden. »Ich hab's nicht böse gemeint.«

»Schon gut.« Schokolowski sah zwischen der Schokolade und dem Herd hin und her. »Aber jetzt solltest du wirklich anfangen!«

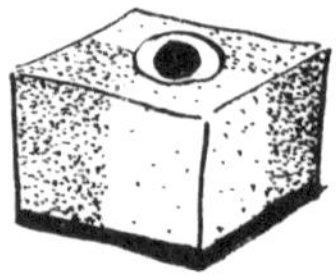

Etepetete

»Bin ja dabei!« Tobi füllte den Topf zur Hälfte mit Wasser, schaltete die Herdplatte ein und schob den Topf darauf. Aus dem Schrank holte er die gelbe Plastikschüssel. Dann zerbrach er über der Schüssel die Schokolade zu kleinen Stückchen.

»Du bist aber etepetete!«, bemerkte Schokolowski.

»Was bin ich?«

»Etepetete!«

»Und was bedeutet das?«

»Es bedeutet, dass du viel zu ordentlich bist!«, erklärte Schokolowski. »Du könntest ruhig mal ein Stückchen Schokolade fallen lassen!«

»Wir brauchen aber die ganze Tafel!« Tobi stellte die Schüssel mit der zerkleinerten Schokolade in den Topf. Dann schaute er wieder ins Kochbuch.

»›Rühren Sie 100 Gramm Butter und 150 Gramm Puderzucker miteinander schaumig. Geben Sie 3 Eigelb hinein …‹«, las er vor.

»Rühren?«, sagte Schokolowski, nicht gerade begeistert. »Dabei darf ich mal wieder zugucken! Oder lässt du mich mit den Krallen umrühren?«

»Nein!« Tobi musste lachen. »Zum Rühren nehmen wir unsere Küchenmaschine! Aber du kommst schon noch an die Reihe. Spätestens beim Topfauslecken!«, fügte er hinzu, um Schokolowski bei Laune zu halten.

Das wirkte. »Beim Topfauslecken?«, rief Schokolowski mit glänzenden Augen. »Ich – ganz alleine?«

»Ja. Du hast ohnehin die längere Zunge!«

»Na, dann …«, sagte Schokolowski. »Auf die Töpfe, fertig, los!«

»So schnell geht es auch nicht!«, bremste Tobi ihn.

Er stellte die Küchenwaage auf den Tisch und legte Alufolie hinein, wie er es bei seiner Mutter gesehen hatte.

Danach nahm er die Butter, schnitt ein großes Stück ab und legte es auf die Folie. 120 Gramm zeigte die Waage an. Er nahm wieder ein kleines Stück weg … ja, nun waren es genau 100 Gramm!

Tobi trug die Folie zur Küchenmaschine und mit einem Löffel füllte er die Butter vorsichtig in den Trichter. Ein Teil der Butter blieb an den Wänden des Einfülltrichters kleben – aber insgesamt ging es besser, als Tobi es sich vorgestellt hatte. Anschließend wog er den Puderzucker ab und gab ihn zu der Butter.

»Achtung! Jetzt wird es laut!«, sagte er zu Schokolowski und schaltete die Maschine ein.

»Wieso sagst du *mir* das?«, rief Schokolowski. »Du solltest an deine Mama denken! Die hat Kopfschmerzen!«

»Stimmt!«, fiel Tobi ein.

Er ging zur Küchentür und schloss sie. Unterdessen hatte der Messereinsatz die Butter und den Zucker zu einer hellgelben Masse verquirlt. Schaumig war die Masse allerdings nicht geworden.

»Wahrscheinlich fehlt das Eigelb …«, sagte Tobi.

Er schlug drei Eier auf; das hatte er von Jule gelernt. Dann füllte er die drei Eigelb zu dem Butter-Zucker-Gemisch. Sogleich verfärbte sich die Masse dottergelb. Aber schaumig wurde sie auch jetzt nicht.

»Dein Wasser kocht!«, meldete Schokolowski.

»Das merke ich!«, antwortete Tobi nervös.

Er schaltete die Herdplatte auf eine niedrigere Stufe.

»Ganz schön aufregend, wie?«, meinte Schokolowski mitfühlend.

»Wem sagst du das!« Tobi sah wieder ins Kochbuch. »›Rühren Sie die geschmolzene Schokolade abgekühlt nach und nach darunter …‹«

Er stellte die Küchenmaschine ab.

»Und nun?«, fragte Schokolowski.

»Nun warten wir, bis die Schokolade geschmolzen ist!«

Ein Trüffelkoch der Spitzenklasse

»Wenn wir sowieso warten müssen, dann kann ich dir ja von dem tollen Erlebnis erzählen, das ich heute Morgen hatte!«, sagte Schokolowski in leisem, vertraulichem Ton.

»Du hattest ein tolles Erlebnis?« Tobi spürte einen leichten Stich, dass *er* wieder einmal nicht dabei gewesen war.

Schokolowski nickte. »Deine Mama und ich gingen gerade Gassi, da kam plötzlich ein Krankenwagen!«

Tobi erbleichte. »Ein Krankenwagen?«

»Ja! Ein Krankenwagen mit eingeschalteter Sirene!«

»Und?«, fragte Tobi, der Schokolowskis panische Angst vor Sirenen kannte.

»Der Krankenwagen musste kommen, weil eine

Frau von einem Radfahrer angefahren worden war«, berichtete Schokolowski. »Aber für mich war es toll!«

»Wie meinst du das?«

»Das Tolle war, dass ich keine Angst mehr hatte!«, erklärte Schokolowski. »Ich habe ganz fest an mein neues Zuhause gedacht, an dich, an Jule, an deine Mama und an deinen Papa – und auf einmal war die Angst wie weggeblasen!«

»Und du hattest wirklich *überhaupt* keine Angst?« Tobi konnte es kaum glauben.

»Na ja, ein bisschen«, gab Schokolowski zu. »Aber das ist auch gut so – schon wegen Knüll und Pinschermann!«

»Wegen Knüll und Pinschermann?«

»Ja! Man darf sich niemals zu sicher fühlen – jedenfalls nicht als Bernhardiner, der aus einer Hundeklinik weggelaufen ist!«

Tobi schluckte. »Du denkst noch oft an Knüll und Pinschermann, stimmt's?«

»So wenig wie möglich, aber so viel wie nötig«, antwortete Schokolowski. »So, und jetzt solltest du dich um unsere Schokolade kümmern. Sie ist bestimmt geschmolzen!«

Er hatte Recht. Tobi hob die Schüssel mit der flüssigen Schokolade aus dem Topf.

»Darf ich mal probieren?«, fragte Schokolowski und wedelte aufgeregt mit dem Schwanz.

»Nein, du würdest dir nur die Zunge verbrennen!« Tobi nahm eine Schöpfkelle und schaltete die Küchenmaschine wieder ein. Dann füllte er die geschmolzene Schokolade in kleinen Portionen zu dem Gemisch aus Butter, Zucker und Eigelb.

Diesmal hatte Schokolowski keinen Grund, Tobi vorzuhalten, er sei »etepetete«: Die Schokolade tropftc von der Kelle auf den Herd und vom Herd auf die Fliesen …

»Keine Sorge, ich mach das schon!« sagte Schokolowski. »Dein Fußboden und dein Herd werden so sauber wie nie zuvor!«

»Nein, der Herd nicht!«, antwortete Tobi. »Den wische ich nachher mit einem Tuch ab!«

»Du gönnst mir auch gar nichts!«, brummte Schokolowski.

Schneller, als Tobi gucken konnte, hatte er die Fliesen sauber geleckt.

»Ich gönne dir sogar sehr viel!«, widersprach Tobi. »Aber der Herd ist zu heiß für dich! Dafür darfst du gleich den Topf auslecken. Oder, besser gesagt, den Rührbehälter!«

Die Masse war in der Zwischenzeit dunkelbraun geworden.

»Trüffelbraun!«, sagte Schokolowski andächtig. »Tobi, du bist ein Trüffelkoch der Spitzenklasse!«

»Das wird sich erst noch zeigen«, antwortete Tobi.

»Wenn die Trüffel so schmecken wie sie riechen …« Schokolowski lachte heiser.

»Noch sind es keine Trüffel«, entgegnete Tobi. Er warf einen Blick in das Kochbuch. »›Stellen Sie die Masse in den Kühlschrank …‹«, las er halblaut.

»Was?«, schrie Schokolowski auf. »In den Kühlschrank? Ich soll noch länger auf meine Trüffel warten?«

»Bestimmt muss die Masse erst mal fest werden«, antwortete Tobi. »Sonst kann man wahrscheinlich keine Kugeln rollen.«

»Hättest du das nicht vorher sagen können?«

»Was?«

»Dass ich immer nur warten muss! Warten, warten – ich hasse warten!«

»Eigentlich hätten wir noch länger warten müssen«, erwiderte Tobi. »Hier steht: ›Rühren Sie die geschmolzene Schokolade *abgekühlt* nach und nach darunter.‹ Und ich habe sie sofort eingerührt …«

»Und wie lange, meinst du, muss sie im Kühlschrank stehen?«, fragte Schokolowski.

Tobi las sich das Rezept noch einmal durch. Leider enthielt es überhaupt keine Zeitangabe. »Ich schätze, eine halbe Stunde.«

»So lange?«, rief Schokolowski.

»Na ja … Aber du darfst schon jetzt den Behälter auslecken!«, tröstete Tobi ihn. Er füllte die Trüffelmasse in eine Porzellanschüssel und stellte sie in den Kühlschrank.

Soll ich mal lecken?

Anschließend leckte Tobi den Löffel ab. Die Masse schmeckte sehr süß – nicht unbedingt wie die gekauften Trüffel, fand er.

»He!«, rief Schokolowski empört. »Wieso darfst *du* den Löffel ablecken und ich muss zugucken?«

Tobi stellte den Rührbehälter vor Schokolowski auf den Boden. »Hier! Nun bist du dran!«

Schokolowski klemmte ihn sich zwischen die Vorderpfoten und steckte die Schnauze hinein. Da der Behälter aus durchsichtigem Kunststoff war, konnte Tobi genau erkennen, wie seine brombeerfarbene Zunge hin und her fuhr.

»Dir schmeckt es anscheinend!«, sagte Tobi, aber Schokolowski war viel zu beschäftigt, um zu antworten.

Plötzlich erklangen Schritte im Flur. Tobi zuckte

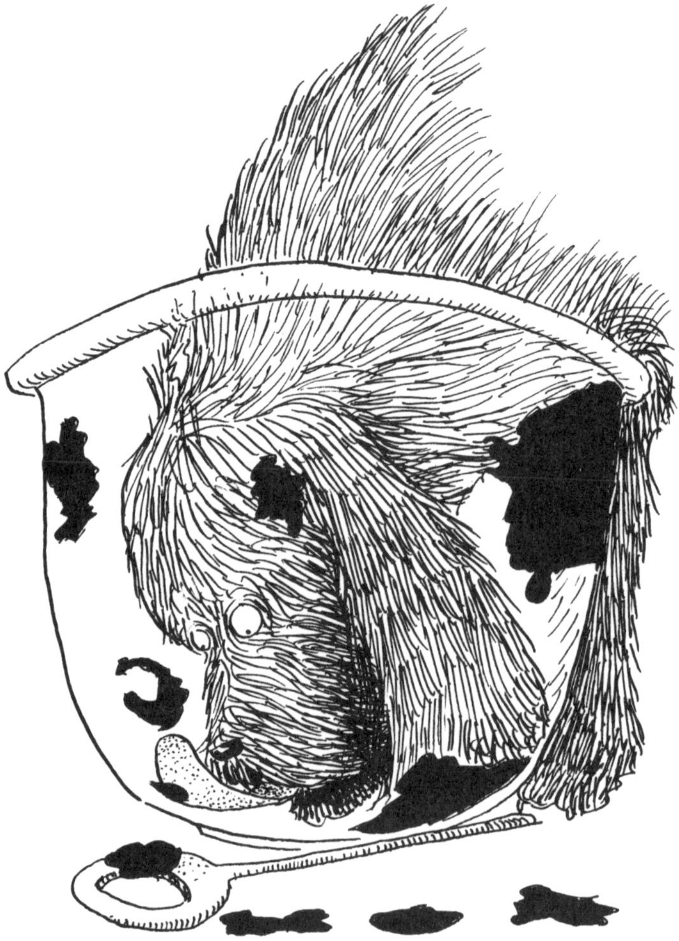

zusammen. Er machte eine hastige Bewegung, um den Rührbehälter sicherzustellen. Aber da wurde die Küchentür bereits geöffnet und seine Mutter trat ein.

Bei dem Anblick, der sich ihr bot, wurde sie noch etwas blasser.

»Was hat das zu bedeuten?«, fragte sie entgeistert und zeigte auf Schokolowski.

Tobi räusperte sich. Sollte er lügen und sagen, der Rührbehälter wäre ihm »runtergefallen«? Nein! Es war besser, bei der Wahrheit zu bleiben!

»Schokolowski … er war so enttäuscht …«, begann Tobi.

»Enttäuscht?«, wiederholte seine Mutter zweifelnd. »Auf mich wirkt er sehr zufrieden!«

»Ja, jetzt!«, sagte Tobi. »Aber eben, als er gemerkt hat, dass wir die Schokoladenmasse zuerst noch in den Kühlschrank stellen müssen – da war er furchtbar enttäuscht und hat gewinselt und gejault.«

»Und schon hast du ihm aus Mitleid unseren Rührbehälter zum Auslecken gegeben …«

Tobi nickte. »Irgendetwas musste ich doch tun.«

»Ich hätte dich für vernünftiger gehalten!«, antwortete Tobis Mutter. »Immerhin bist du jetzt zehn Jahre alt!«

Sie deutete auf den mit Schokolade verschmierten Herd. »Und wer macht das sauber?«

»Ich!«, rief Schokolowski. »Inzwischen ist der Herd ja abgekühlt!«

Tobis Mutter blickte Schokolowski verblüfft an.

Dann sagte sie: »Einen Moment lang habe ich doch tatsächlich geglaubt, Schokolowski hätte gesprochen …«

Tobi biss sich auf die Lippen. »Er *hat* gesprochen – weil er wollte, dass du nicht mehr so ein ärgerliches Gesicht machst!«

Jetzt lachte seine Mutter. »Stimmt, ich war ziemlich verärgert! Nein, ich bin es noch, wenn ich mir den Herd so ansehe …« Sie seufzte. »Hoffen wir, dass sich der ganze Aufwand wenigstens gelohnt hat!«

»Ja, hoffen wir's!«, sagte Tobi; denn nach all dem anstrengenden Auswiegen und Rühren durfte er nicht nur den Herd feucht abwischen – seine Mutter spannte ihn auch noch zum Abtrocknen ein!

»Wie lange muss die Trüffelmasse eigentlich im Kühlschrank stehen?«, erkundigte sich Tobis Mutter, als sie mit dem Abwasch fertig waren.

»Wenn ich das wüsste …«, antwortete Tobi.

»Ist das im Rezept nicht angegeben?«

»Nein.«

Sie holte die Schüssel aus dem Kühlschrank. »Ich würde sagen, mindestens noch eine Stunde!«, erklärte sie nach einem prüfenden Blick und stellte die Schüssel wieder zurück.

»Eine ganze Stunde?«, murrte Schokolowski.

»Ein bisschen Geduld musst du schon haben!«, meinte Tobis Mutter.

»Wem sagst du das ...«, erwiderte Tobi.

Sie lachte. »Na, dir! Und ich werde mich jetzt wieder hinlegen. Ich habe immer noch Kopfschmerzen!«

Eine Stunde später bestreute Tobi ein großes Stück Alufolie mit Schokoladenstreuseln. Dann nahm er sich mit einem Löffel etwas von der Trüffelmasse und versuchte, sie zwischen den flachen Händen zu einer Kugel zu rollen. Doch die Masse war weich und klebrig ...

Schließlich drückte Tobi das teigige, eiförmige Gebilde in die Schokoladenstreusel. Zumindest äußerlich hatte es nun eine gewisse Ähnlichkeit mit einem Trüffel. Tobi setzte es auf den bereitgestellten Teller.

»Hast du Schwierigkeiten?«, fragte Schokolowski, der mit leuchtenden Augen zusah.

»Allerdings!« Die Trüffelmasse klebte an Tobis Händen und jetzt war auch noch etwas davon auf die Tischkante getropft und von dort auf seine Hose.

»Soll ich mal lecken?«, bot Schokolowski an.

»Lieber nicht!«, sagte Tobi hastig. Er nahm eine zweite Portion von der Trüffelmasse – in der Hoffnung, dass es ihm diesmal gelingen würde, eine Kugel zu formen. Aber das Ergebnis war fast noch schlimmer!

Tobi biss die Zähne zusammen und machte weiter. Bald war auch sein Pullover beschmiert und der Tisch sah aus wie nach einer Schokoladenschlacht ...

Als schließlich im Flur Schritte erklangen, seufzte Tobi nur – und blieb resigniert sitzen.

Du kriegst den Rest

»Was ist denn hier los?«, fragte Jule.

»Wir haben Probleme beim Trüffelrollen!«, erklärte Schokolowski.

Jule zeigte auf den Teller und kicherte. »Diese Kuhfladen da – sollen das etwa Trüffel sein?«

»Nein!«, knurrte Tobi.

»Doch!«, sagte Schokolowski.

»Ihr müsst irgendetwas falsch gemacht haben.«

»Wer den Schaden hat, braucht für den Spott nicht zu sorgen!«, bemerkte Tobi – ein Sprichwort, das er aus der Schule kannte.

»Tobi!«, sagte Jule. »Ich will dich doch gar nicht verspotten! Ich finde nur, dass die Dinger da wirklich sehr nach Kuhfladen aussehen!«

»Glaubst du, sie bleiben so flach?«, fragte Schokolowski mit besorgter Miene.

»Wahrscheinlich werden sie noch flacher!«, antwortete Jule.

Tobi schluckte. »Wenn *du* mich auch im Stich lässt …«

»Aber in dem Rezept ist doch alles ganz genau beschrieben!«, meinte sie. »Du nimmst das Rührgerät und dann …«

»Das Rührgerät?«, sagte Tobi. »Nicht die Küchenmaschine?«

»Nein! Mit dem Messereinsatz kann man die Butter und den Zucker nicht schaumig schlagen!«

»Stimmt!«, sagte Schokolowski. »Schaumig sind sie nicht geworden.«

»Ich bin eben doch kein … Trüffelkoch der Spitzenklasse!« Tobi ballte die Fäuste.

»Wie kommst du denn darauf?«, rief Schokolowski. »Wer weiß – vielleicht esse ich Trüffel*fladen* noch lieber als Trüffel*kugeln?* Na los, gib schon her!«

»Im Ernst?«

»Sicher!«

»Ich probiere auch einen«, kündigte Jule an.

Schokolowski runzelte die Stirn. »Das würde ich nicht tun!«, sagte er warnend. »Trüffelfladen haben entsetzlich viele Kalorien!«

Jule kicherte. »Eberhard findet mich sowieso zu

dünn. Ich soll ruhig ein bisschen zunehmen, hat er gesagt!«

»Ja, aber doch mit Nudeln und Pizza und Pommes frites, oder?«, fragte Schokolowski.

»Womit, ist ihm egal!« Jule kicherte wieder. Mit einem Löffel nahm sie einen der Trüffelfladen vom Teller. »Nicht übel!«, meinte sie, nachdem sie probiert hatte. »Ein bisschen zu süß, aber sonst …«

»Und ich?«, rief Schokolowski.

»Du kriegst den Rest!« Tobi stellte den Teller vor Schokolowski auf den Boden. »Mir ist sowieso der Appetit vergangen!«

»Du Armer!« Schokolowski streckte seine brombeerfarbene Zunge aus und kostete. »Hm … schmeckt gut!«, sagte er.

»Wirklich?«, freute sich Tobi. »Sind die dir nicht zu süß?«

»›Zu süß‹ ist für mich ein Fremdwort!«, erklärte Schokolowski und leckte den Teller ab.

»Oh, jetzt haben wir überhaupt nichts mehr für unser Trüffelfest!«, fiel Tobi ein.

»Trüffelfest?«, wiederholte Jule fragend.

»Ja! Morgen Abend wollen wir feiern – weil uns

Herr Windheim geschrieben hat, dass wir Schokolowski behalten dürfen!«

»Morgen Abend?« Jule zupfte verlegen an ihrem Pony. »Muss ich unbedingt dabei sein?«

»I wo!«, meinte Schokolowski.

»Ach, du willst mich gar nicht dabeihaben?«

»Das ist nicht persönlich gemeint!«, versicherte Schokolowski. »Aber je weniger Gäste, desto mehr Trüffel für jeden!«

»Eberhard hat mich nämlich ins Kino eingeladen«, sagte sie.

Schokolowski lächelte schelmisch. »Zu einem Liebesfilm, wie?«

»Nein!«, behauptete Jule und kicherte verräterisch.

»Meinetwegen können wir das Trüffelfest ausfallen lassen!«, bemerkte Tobi. Mit einem Kopfnicken deutete er auf den schokoladenverschmierten Tisch. »Nach der Pleite ...«

»Oh, nein!«, widersprach Jule lebhaft. »Das wäre nun wirklich negatives Denken in Reinform!«

»Was, bitte?«, fragte Schokolowski.

»Negatives Denken in Reinform!«, sagte Jule. »Ich versuche ständig, Tobi beizubringen, dass man alles *positiv* sehen muss. Und wenn man etwas zu feiern hat, dann soll man es auch feiern!«

»Genau!«, bekräftigte Schokolowski. »Das Trüffelfest darf unter gar keinen Umständen ausfallen!«

»Und woher sollen wir jetzt die Trüffel für das Fest kriegen?«, entgegnete Tobi. »Ich habe kein Geld mehr!«

»Dann spendiere ich ein paar!«, bot Jule gut gelaunt an.

»Was, nur ein paar?«, tat Schokolowski entrüstet. »Und das nennt sich Trüffelfest?«

Jule lachte. »Mami kauft bestimmt auch noch welche«, meinte sie in ihrer betont »positiven« Art.

»Bestimmt nicht!«, erwiderte Tobi.

Trüffel satt

Doch als Tobi am nächsten Tag aus der Schule kam, flüsterte ihm Schokolowski bereits an der Wohnungstür zu: »Deine Mama und ich waren bei Rosi!«

»Ihr wart im Trüffelstübchen?« Tobi spürte einen Anflug von Eifersucht.

»Ich leider nicht!«, sagte Schokolowski und seufzte. »Du kennst ja Rosi mit ihrer Allergie gegen Hundehaare ... Sogar als deine Mama *allein* im Laden war, hat Rosi andauernd geniest! Aber deine Mama hat trotzdem 24 tolle Trüffel ausgesucht!« Er leckte sich gierig das Maul.

»24 Trüffel?«, wiederholte Tobi ungläubig. »Das muss ja ein halbes Vermögen gekostet haben!«

Schokolowski nickte. »Und was für Trüffel deine Mama gekauft hat ...« Er verdrehte die Augen.

»Walnusstrüffel, Champagnertrüffel, Mokkatrüffel, Pistazientrüffel, Nuss-Krokant-Trüffel, Sahnetrüffel, Karamelltrüffel, Rumtrüffel …«

»Und die habt ihr alle schon probiert?«

»Leider nicht!«, sagte Schokolowski. »Sie stehen einsam und verlassen im Kühlschrank! Dabei finde ich, dass die schönsten Trüffelfeste die sind, bei denen man vom Aufwachen bis zum Zubettgehen ununterbrochen Trüffel isst!«

»Ich schätze, meine Mama sieht das anders!« Tobi lachte.

Und so war es auch. Nicht einmal Tobi durfte nach dem Mittagessen einen der köstlich duftenden Trüffel probieren.

»Die sind für heute Abend!«, erklärte seine Mutter. Und Tobis Einwand »Bis dahin sind sie vielleicht schon schlecht …« überhörte sie einfach.

Dann endlich war der Abend gekommen – und mit ihm die Trüffel! Weil es gerecht zugehen sollte, zerschnitt Tobi den ersten Trüffel mit einem Messer in vier Teile. Ein Viertel bekam seine Mutter, das zweite sein Vater und das dritte war für Tobi.

Das letzte Viertel landete bei Schokolowski – aber aus »hygienischen« Gründen nicht in seinem Maul, sondern im Napf, der vor Schokolowski auf dem Teppich stand.

Nach dem sechsten Trüffel rief Tobis Mutter: »Für mich bitte keinen mehr!«

Also zerschnitt Tobi die Trüffel nur noch in drei Teile.

Nach vier weiteren Trüffeln gab auch sein Vater auf.

Tobi hielt noch zwei Trüffel lang mit. Aber dann hatte er beim besten Willen keinen Appetit mehr!

Nur Schokolowski schielte mit unverhohlener Gier auf die restlichen zwölf Trüffel.

»Jetzt reicht es aber!«, meinte Tobis Mutter.

»Ist das hier nun ein Trüffelfest oder nicht?«, brummte Schokolowski unzufrieden.

»Tobi!«, sagte seine Mutter halb scherzend, halb vorwurfsvoll. »Ich habe deshalb *24* Trüffel gekauft, weil die Genehmigung von Herrn Windheim gestern, am *24.* Mai, bei uns eingetroffen ist – aber nicht, weil ich wollte, dass wir so viele Trüffel auf einmal essen!«

»Und unter einem Trüffelfest haben wir uns etwas mehr als bloß Trüffelessen vorgestellt!«, ergänzte Tobis Vater.

»Was denn?«, wollte Tobi wissen.

»Na, Spiele spielen!«

»Und welche?«

»Zum Beispiel Trüffel-Malefiz!«

»Trüffel-Malefiz?«, wiederholte Tobi.

»Ja! Oder Trüffel-ärgere-dich-nicht!«

»Und wie soll das gehen?«

»Ganz einfach: Wir stellen uns vor, die vier Holzfiguren wären Trüffel! Und wer zuerst seine vier Trüffel ins Ziel gebracht hat, der hat gewonnen!«

»Trüffel aus Holz ...«, zischte Schokolowski. »Igitt!«

Er reckte sich, um die Schokoladentrüffel auf dem Teller besser sehen zu können.

»Gönnt sie ihm doch!«, sagte Tobi bittend. »Er hat sich soo auf die Trüffel gefreut! Und die Genehmigung bekommen wir schließlich nur ein einziges Mal!«

»Eben!«, sagte Schokolowski. »Und *ich* habe mir das Trüffelfest genau so vorgestellt: Trüffel satt!« Er lachte heiser.

Tobis Eltern wechselten einen Blick.

»Für diese Glanzleistung an Bauchrednerei hätte eigentlich Tobi die Trüffel verdient!«, meinte Tobis Mutter lachend.

»Oh, danke!«, rief Tobi. Er nahm den Teller und ließ die Trüffel in Schokolowskis Napf rollen. Sofort fiel Schokolowski wie ausgehungert darüber her.

»Übrigens ...«, bemerkte Tobis Vater. »Nach diesen Kalorienbomben wird Schokolowski die Bewegung am Sonntagmorgen erst recht gut tun!«

»Welche Bewegung?«, fragte Tobi.

»Wir wollen mit ihm zum Hundedressurplatz gehen!«, erklärte seine Mutter.

»*Dressur*platz?«, rief Tobi erschrocken.

»Das klingt jetzt vielleicht etwas hochgestochen!«, sagte Tobis Vater. »Aber die Hunde lernen dort auch ganz alltägliche Dinge. Und bestimmte Kommandos sollte ein Hund heutzutage einfach kennen: ›Sitz!‹ und ›Platz!‹ und ›Hier!‹. Und falls Schokolowski darüber hinaus noch etwas lernt – Einbrecher verbellen und dergleichen – dann ist das für uns nur von Vorteil!«

»Das kann Schokolowski bereits!«, erwiderte Tobi. »Und außerdem hättet ihr ihn vorher fragen müssen!«, fügte er mit einem Blick auf Schokolowski hinzu.

Bei dem Wort »Dressur« hatte Schokolowski alarmiert den Kopf gehoben – obwohl noch drei Trüffel in seinem Napf waren!

»Ihn fragen?«, wiederholte Tobis Mutter. »Wenn du meinst …« Sie zwinkerte Tobis Vater zu. »Nun, Schokolowski?«, sagte sie. »Bist du damit einverstanden, dass wir uns übermorgen den Hundedressurplatz einmal ansehen?«

»Aber nur *ansehen!*«, betonte Schokolowski.

Sie verkniff sich ein Lachen. »Danke für die Bereitschaft – Tobi!«

Zu Tobis Erleichterung wandte sich Schokolowski wieder seinen Trüffeln zu.

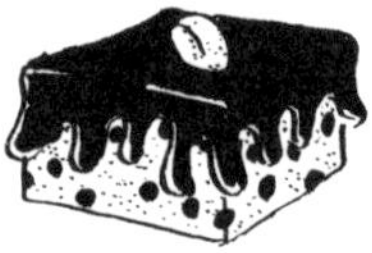

Club der Schäferhunde

Der Sonntagmorgen begann mit einer ziemlich nervenaufreibenden Autofahrt. Nach mehreren Versuchen, Schokolowski zwischen den Vorder- und Rücksitzen unterzubringen, hatten ihn Tobis Eltern schließlich mit vereinten Kräften auf die Rückbank gehoben.

Dort hatte er sich auf die Polster gelegt und Tobi hatte sich neben ihn in eine Ecke quetschen dürfen.

Zum Glück war es nicht weit bis zum Hundedressurplatz.

Tobi atmete auf, als sie vor einem flachen Gebäude mit dem Schild »Club der Schäferhundfreundc« hielten.

»Wieso *Schäferhund*freunde?«, fragte er.

»Für Bernhardiner gibt es keine extra Plätze«,

antwortete sein Vater. »Dafür sind sie zu selten. Aber Frau Hufnagel, die Ausbilderin, hat gesagt, dass bei ihnen sämtliche Rassen zugelassen sind.«

Er klappte den Fahrersitz nach vorn, sodass Schokolowski aussteigen konnte. Doch Schokolowski rührte sich nicht.

»Komm!« Tobis Vater zog ein wenig an seinen breiten Vorderpfoten. Schokolowski begann zu knurren.

»Er möchte sich erst mal in Ruhe umgucken!«, sagte Tobi.

»Aber das kann er hier draußen viel besser!«, antwortete seine Mutter und lachte.

»Schokolowski fühlt sich eben im Auto sicherer!«, entgegnete Tobi.

»Na schön«, gab sein Vater nach. »Dann machen wir uns zuerst mit Frau Hufnagel bekannt.«

Tobis Eltern gingen auf das Clubhaus zu, vor dem sich drei Frauen und vier Männer in Trainingsanzügen versammelt hatten. Tobi kletterte auf den Beifahrersitz.

»Die haben ja überhaupt keine Hunde!«, sagte er verwundert.

»Siehst du nicht die Käfige?«, erwiderte Schokolowski.

»Meinst du die Holzwände auf dem Rasen?«

»Nein! Erkennst du nicht die Käfige neben dem Haus?«

»Doch ...« Nun hatte Tobi sie auch gesehen: niedrige Boxen aus Metall! »Und du glaubst, in denen sind die Hunde?«

»Hörst du nicht, wie sie jaulen und winseln?«, antwortete Schokolowski.

Tobi nickte beklommen.

»Solche Käfige hatten Knüll und Pinschermann auch!«, sagte Schokolowski.

»Haben Sie dich etwa in einen so winzigen Käfig gesperrt?«, rief Tobi.

»Nicht immer«, antwortete Schokolowski. »Aber oft genug, um diese Käfige auf ewig zu hassen!«

Tobi schwieg betreten. Plötzlich kam ihm die Idee, mit Schokolowski ausgerechnet zu einem Hundedressurplatz zu gehen, reichlich naiv vor ...

Er sah seine Eltern zurückkommen, zwischen sich eine drahtige blonde Frau in einem dunkelroten Trainingsanzug.

Durch das heruntergekurbelte Seitenfenster zeigte sie auf Schokolowski und sagte: »Das ist also der Hund!«

Es klang, als hätte sie keine gute Meinung von Bernhardinern – vor allem nicht von solchen, die lieber im Auto sitzen blieben!

»Ja, das ist unser Schokolowski!«, bestätigte Tobis Mutter mit Stolz in der Stimme.

»*Wie* heißt Ihr Hund?« Die Frau warf Tobis Mutter einen befremdeten Blick zu.

»Schokolowski!«, antwortete Tobis Mutter unbekümmert. »Unser Sohn hat den Namen ausgesucht!«

»... und die alberne Brille auch, vermute ich!«

»Schokolowski mag die Brille!«, erklärte Tobi selbstbewusst.

»Hat der Hund noch einen richtigen Namen?«, fragte die Frau.

»Oh, wir finden Schokolowski sehr passend!« Tobis Mutter lachte. »Wissen Sie, er hat eine Schwäche für Schokolade!«

»Für Schokolade? Süßigkeiten sind bei uns nicht erwünscht!«, belehrte die blonde Frau sie.

»Er frisst auch normales Hundefutter«, versicherte Tobis Mutter. »Ich achte schon darauf, dass er genügend Vitamine und Kalk und Spurenelemente erhält!«

»Man sieht, wohin der Schokoladengenuss führt ...«, meinte die Frau.

»Wohin denn?«, wollte Tobis Vater wissen.

»Der Hund hat garantiert Übergewicht! Ich würde sagen, mindestens zwanzig Prozent ... Aber ich müsste ihn im Stehen begutachten. Könnten Sie ihn nicht aus dem Auto herausholen?«

Liebe und Verständnis

»Ja, natürlich ...« Tobis Vater räusperte sich. »Komm jetzt, Schokolowski!«, sagte er.

Schokolowski reagierte nicht.

»Komm, sei ein lieber Hund!«, lockte Tobis Mutter ihn. »Zeig der netten Frau Hufnagel, dass du ein ganz freundlicher und folgsamer Bernhardiner bist!«

Doch Schokolowski knurrte nur.

»Ich glaube nicht, dass sie es mit Freundlichkeit versuchen sollten!«, bemerkte Frau Hufnagel. »Solche großen Hunde brauchen eine feste Hand!«

Schokolowski bellte, laut und böse.

»Hab ich's nicht gesagt?«, rief Frau Hufnagel. »Den können Sie nur mit Härte und Strenge regieren!«

»Regieren?« Tobis Mutter hatte auf einmal rote

Flecken im Gesicht. »Wer sagt denn, dass wir ihn ›regieren‹ wollen? Wir möchten ihn erziehen!«

»Und dafür gibt es nun mal keine besseren Methoden als Härte und Strenge!«, erklärte Frau Hufnagel.

»Oh, doch!«, widersprach Tobis Mutter. »Dafür gibt es sehr wohl bessere Methoden, und zwar – Liebe und Verständnis!«

»Ja, das stimmt!«, sagte Tobi und Freude und Stolz schwangen in seiner Stimme mit.

Frau Hufnagel verzog die Mundwinkel. »Hören Sie: Dies ist ein Hunde*dressur*platz – und kein Kindergarten!«

»Gut, dass Sie uns daran erinnert haben! Wir sind wohl tatsächlich an der falschen Adresse!« Tobis Mutter öffnete die Wagentür und nahm auf dem Fahrersitz Platz.

»Wollen wir es nicht wenigstens mal probieren?«, fragte Tobis Vater flüsternd.

»Nein! Mit diesen so genannten Schäferhundfreunden möchte ich nichts zu tun haben!«, erwiderte Tobis Mutter.

Frau Hufnagel gab ein schnippisches »Auf Leute wie Sie verzichten wir gerne!« von sich.

Dann drehte sie sich um und ging zum Clubhaus zurück.

Tobi kletterte auf die Rückbank. Sein Vater setzte sich auf den Beifahrersitz.

»Und jetzt machen wir alle einen Waldspaziergang!«, sagte Tobis Mutter unternehmungslustig. »So kommt Schokolowski auch zu der nötigen Bewegung!«

Sie griff in die Tasche ihrer Jacke und reichte Tobi eine Tüte. »Hier! Diese vier Trüffel hatte ich eigentlich als Belohnung für Schokolowski eingepackt – für fleißiges Üben auf dem Hundeplatz! Aber die hat er sich auch so verdient! Nein, wir alle haben sie uns verdient!«

»Ich finde, Schokolowski hat die Trüffel ganz allein verdient!«, erklärte Tobi. »Er hat nämlich schreckliche Angst gehabt!«

Doch zu seiner Verwunderung schüttelte Schokolowski den Kopf. »Für alle!«

Tobi gab ihm einen Trüffel, nahm sich selbst einen und reichte die Tüte an seinen Vater weiter.

»Danke für den Trüffel – Mama!«, sagte Schokolowski und zwinkerte Tobi zu.

»Bitte – Tobi!«, antwortete sie und mit einem fröhlichen Lachen startete sie den Wagen.

Angela Sommer-Bodenburg wurde 1948 in Reinbek bei Hamburg geboren. Als Kind war sie eine richtige Leseratte und wollte unbedingt Schriftstellerin werden. Den eigentlichen Anstoß, Kinderbücher zu schreiben, gaben ihr dann viel später ihre eigene Tochter sowie die zahlreichen Kinder, die sie in ihrer Zeit als Grundschullehrerin unterrichtet hat. Weltberühmt wurde Angela Sommer-Bodenburg durch ihren Kinderroman »Der kleine Vampir«. Ihre Bücher wurden in 30 Sprachen übersetzt. Heute lebt die Autorin mit ihrem Mann und ihren beiden Hunden auf einem Berg in der Nähe von San Diego.
»Mit meinen Büchern möchte ich Kinder mutiger und stärker machen. Und ich möchte meine Leser zu Träumern machen – zu aktiven Träumern von einer besseren und friedlicheren Welt.«

Bei Thienemann bereits erschienen:
Schokolowski – Der Geburtstags-Trüffelhund
Kasimir von Käsebleich
Kasimir von Käsebleich kommt in die Schule
Kasimir von Käsebleich und der Ranzenmann

Sommer-Bodenburg, Angela:
Schokolowski – Lustig ist das Hundeleben
ISBN 13: 978 3 522 17817 4
ISBN 10: 3 522 17817 3

Einband- und Innenillustrationen: Stefanie Scharnberg
Einbandtypografie: Michael Kimmerle
Innentypografie: Kadja Gericke
Schrift: Concorde und Kosmik
Satz: KCS GmbH, Buchholz/Hamburg
Reproduktion: Medienfabrik, Möglingen
Druck und Bindung: Friedrich Pustet, Regensburg

5 4 3 2 1* 06 07 08 09

www.thienemann.de